文春文庫

忍び恋

新・秋山久蔵御用控（六）

藤井邦夫

JN229005

文藝春秋

目次

おもな登場人物

秋山久蔵　南町奉行所吟味方与力。〝剃刀久蔵〟と称され、悪人たちに恐れられている。心形刀流の遣い手。普段は温和な人物だが、悪党に対しては情け無用の冷酷さを秘めている。

神崎和馬　南町奉行所定町廻り同心。久蔵の部下。

香織　久蔵の後添え。亡き先妻・雪乃の腹違いの妹。

大助　久蔵の嫡男。元服前で学問所に通う。

小春　久蔵の長女。

与平　親の代からの秋山家の奉公人。女房のお福を亡くし、いまは隠居。

太市　秋山家の奉公人。おふみを嫁にもらう。

おふみ　秋山家の女中。ある事件に巻き込まれた後、九年前から秋山家に奉公するようになる。

幸吉　〝柳橋の親分〟と呼ばれた弥平次の跡を継ぎ、久蔵から手札をもらう岡っ引。

お糸　隠居した弥平次の養女で、幸吉を婿に迎えて船宿『笹舟』の女将となった。息子は平次。

弥平次　女房のおまきとともに、向島の隠居家に暮らす。

勇次　元船頭の下っ引。

雲海坊　幸吉の古くからの朋輩で、手先として働く托鉢坊主。ほかの仲間に、しゃぼん玉売りの由松、蕎麦職人見習いの清吉、風車売りの新八がいる。

長八　弥平次のかつての手先。いまは蕎麦屋『藪十』を営む。

忍び恋

新・秋山久蔵御用控（六）

第一話

忍び恋

一

湯島天神の境内《けいだい》は参拝客で賑わっていた。

参拝客の行き交う参道の空には、しゃぼん玉が虹色に輝いて舞っていた。

「さあさあ、寄ったり見たり、吹いたり、評判の玉屋玉屋。商う品はお子さま方のお慰み、御存知知られた玉薬、鉄砲玉とは事変わり、当たって怪我のないお土産《みやげ》で、曲は様々大玉小玉、吹き分けはその日その日の風次第……」

しゃぼん玉売りの売り声は、七色に輝くしゃぼん玉と一緒に行き交う参拝客の頭上を舞い飛んだ。

参道には様々な露店が並び、端でしゃぼん玉売りの由松《よしまつ》が商いをしていた。

見ている……。

五歳程の男の子は、横手の立ち木の根元にしゃがみ込み、空を舞うしゃぼん玉を楽しげに見上げていた。

由松は苦笑し、しゃぼん玉を吹いた。

しゃぼん玉は輝きながら舞い飛んだ。

「おじさん、しゃぼん玉、頂戴……」

お店《たな》の娘らしい形《なり》の女の子が、由松に駆け寄って来た。

「はい。ありがとう……」

由松は、しゃぼん液を容れた小さな竹筒と葦《あし》の吹き棒を渡した。

「お幾らですかな……」

祖父らしきお店の隠居がやって来て、由松に金を払った。

女の子は、しゃぼん玉を吹いた。

しゃぼん玉は舞い飛んだ。

女の子は、はしゃいだ声をあげて喜び、祖父の隠居と立ち去って行った。

「ありがとうございました……」

由松は見送った。

男の子は、しゃぼん玉を吹きながら去って行く女の子を羨《うらや》ましそうに見送っていた。

「坊や、しゃぼん玉、好きか……」

由松は、男の子に声を掛けた。

「うん……」

男の子は頷《うなず》いた。

「そうか。じゃあ、持って行きな」

由松は、しゃぼん液を容れた小さな竹筒と葦の吹き棒を差し出した。

男の子は、驚いたように由松を見詰めて首を横に振った。

「良いんだ。遠慮するな……」

由松は笑い掛けた。

「呉れるの……」

「ああ。吹いてみな……」

「うん……」

男の子は、嬉しげに竹筒と吹き棒を受け取り、しゃぼん玉を吹いた。

しゃぼん玉は七色に輝きながら舞い飛んだ。

「上手《うま》い、上手い……」

由松は褒《ほ》めた。

「うん……」

男の子は嬉しげに頷き、竹筒と吹き棒を持って駆け去った。

由松は見送り、西に大きく傾いた陽を眩《まぶ》しげに眺めた。

そろそろ店仕舞いにするか……。

由松は、店仕舞いをして柳橋《やなぎばし》の船宿『笹舟《ささぶね》』に行く事にした。

「あの……」

中年の女が男の子を連れ、並ぶ露店の後ろからやって来た。

「あっしですかい……」

由松は、怪訝《けげん》な面持ちで立ち止まった。

「はい。あの、この子がしゃぼん玉を貰ったのは本当でしょうか……」

中年の女は、厳しい面持ちで由松に尋ねた。

「ああ。売れ残ってね。坊やに貰って貰いましたよ」

由松は笑った。

「そうですか……」

中年の女は、満面に安堵を浮かべた。

「ねっ、おっ母ちゃん、おいら、盗んじゃあいないよ。嘘なんか吐《つ》いていないよ」

五歳程の男の子は、母親に笑い掛けた。

「御免ね。直吉《なおきち》、疑って……」

母親は、五歳程の男の子を直吉と呼び、由松からしゃぼん玉を盗んだと疑った事を詫びた。

「うん……」

「ありがとうございました。私は五日前から此処《ここ》で針売りをさせて貰っている者です。直吉がお世話になり、本当にありがとうございます」

母親は、由松に深々と頭を下げた。

「いや。礼には及びませんよ。じゃあ直吉、又な……」

「うん。おじさん、ありがとう……」

直吉は笑った。

由松は、湯島天神の参道を鳥居に向かった。

直吉は手を振り、母親は深々と頭を下げて由松を見送った。

針売りの母親と幼い悴《せがれ》……。

由松は、柳橋の船宿『笹舟』に向かった。

神田川の流れに西日は映えた。

由松は、柳橋の船宿『笹舟』の暖簾《のれん》を潜《くぐ》った。

「あら、由松さん……」

女将《おかみ》のお糸《いと》が帳場で迎えた。

「女将さん、親分は……」

「今し方、勇次《ゆうじ》さんが帰って来ましてね。居間にいますよ。どうぞ上がって下さいな」

「じゃあ、ちょいと……」

由松は、土間から框《かまち》に上がろうとした。

「おう。由松、丁度良かった……」

岡っ引の柳橋の幸吉《こうきち》が、下っ引の勇次を従えて居間から出て来た。

「えっ。何かあったんですかい……」

由松は眉をひそめた。

「ああ、話は道々だ……」

「承知……」

由松は頷いた。

「お糸、出掛けるぜ」

「はい……」

お糸は、帳場の机から火打石と火打金を取り出し、清めの切り火を打った。

幸吉、由松、勇次は出掛けた。


夕暮れ時が近付いた。

浅草御門と浅草広小路を結ぶ蔵前の通りには、仕事を終えて家路に急ぐ人々が現れた。

幸吉と由松は、勇次に誘《いざな》われて浅草広小路に向かっていた。

「じゃあ何ですかい。四年前に四人の浪人が賭場を荒して博奕打《ばくち》ちの貸元を殺した一件ですか……」

由松は眉をひそめた。

「ああ。北町奉行所が月番の時の一件で、秋山《あきやま》さまや神崎《かんざき》の旦那は拘《かかわ》らなかった奴だ」

「ええ。確か四人の浪人の一人は、博奕打ちの代貸に逆に斬り殺され、二人はお縄になり、一人だけ江戸から逃げたって一件でしたね」

由松は覚えていた。

「うん。覚えていたか……」

「ええ。その逃げた浪人が江戸に舞い戻りましたか……」

「ああ。名前は片倉丈一郎《かたくらじょういちろう》、浅草は花川戸の木戸番の父っつあんが見掛けたそうだ」

幸吉と由松は、勇次と共に浅草広小路に出た。

浅草広小路は金龍山浅草寺《せんそうじ》門前にあり、本所に続く吾妻橋《あづまばし》と下谷《したや》に続いている。

幸吉、由松、勇次は、浅草広小路の雑踏を横切って隅田川沿いの花川戸町に入った。

花川戸町の老木戸番は、人相書に描かれた似顔絵を見て頷いた。

「間違いありません。此の面でしたよ」

老木戸番は告げた。

「そうですか。で、此の片倉丈一郎、何処《どこ》で見掛けたんですかい……」

幸吉は尋ねた。

「ええ。此の通りを北に行きましたぜ」

老木戸番は、木戸番屋の前の通りの北を示した。

「北と云えば、今戸か新鳥越ですか……」

勇次は、老木戸番の視線を追って通りの北を眺めた。

「親分、四年前の賭場荒し、確か今戸町の寺の賭場でしたね」

由松は思い出した。

「ああ。源泉寺って寺の家作だ」

「行ってみますか……」

「うむ……」

幸吉、由松、勇次は、老木戸番に礼を云って今戸町の源泉寺に急いだ。

今戸町の源泉寺は、夕陽を背にして建っていた。

幸吉、由松、勇次は、荒れ果てた源泉寺の山門を眺めた。

源泉寺は四年前の賭場荒しの件で廃寺とされ、住職は僧籍を剝奪《はくだつ》されて構えの刑に処せられた。

源泉寺の境内には雑草が生い茂り、本堂の破れた扉が軋《きし》みをあげていた。

「賭場だった家作に行ってみますか……」

「うん……」

幸吉、由松、勇次は、崩れ掛けている土塀伝いに裏手に廻った。


裏門の門扉は傾いていた。

幸吉、由松、勇次は、門扉の傾いた裏門から裏庭に入った。

家作は軒を傾け、生い茂る雑草に囲まれていた。

「親分、人が往き来していますぜ」

由松は、家作迄の生い茂る雑草が倒れているのを示した。

「ああ……」

幸吉、由松、勇次は、倒れた雑草の跡を家作に向かった。

軒の傾いた家作は暗く、人のいる様子は窺えなかった。

「入ってみますか……」

由松は囁《ささや》いた。

「うん……」

幸吉は頷いた。

由松が板戸を開けた。

板戸は簡単に開き、黴《かび》や饐《す》えた異様な臭いが溢《あふ》れ出た。

幸吉、由松、勇次は、眉をひそめて家作の土間に入った。

家作の中は薄暗く、襖や障子は破れて倒れ、壁は崩れ、天井板は垂れ下がり、床は抜けていた。そして、多くの駒札や湯呑茶碗が散らばり、血の痕《あと》が黒く染み込んでいた。

「賭場が荒された時のままのようですね」

勇次は、家の中を見廻した。

「ああ……」

幸吉は頷いた。

「親分……」

由松が隣の部屋から呼んだ。

幸吉と勇次は、隣の部屋に進んだ。

「どうした……」

「此奴を見て下さい……」

由松は、大きな青い笹の葉を見せた。

「新しい笹の葉だな……」

幸吉は眉をひそめた。

「ええ。未だ柔らかい飯粒が付いています」

由松は、青い笹の葉に付いている飯粒を示した。

「誰かが此処で握り飯を食べたか……」

幸吉は、青い笹の葉が握り飯を包んでいた物だと睨《にら》んだ。

「ええ。そんな処ですかね」

由松の睨みも同じだった。

「そいつがお尋ね者の浪人、片倉丈一郎ですかね」

勇次は読んだ。

「此処はその片倉たちが荒した賭場だ。そいつはどうかな……」

由松は首を捻《ひね》った。

賭場を荒した片倉が、荒した賭場で握り飯を食べるとは思えない。

「そうか……」

勇次は頷いた。

「何《いず》れにしろ、四年前の賭場荒しの一件に絡んでいる奴だろうな」

幸吉は読んだ。

夕陽は沈み、家作は青黒い夕闇に覆われた。

四年前、片倉丈一郎たち四人の浪人は、博奕打ちの貸元今戸の源蔵《げんぞう》の賭場を荒した。

片倉たちは今戸の源蔵を斬り殺し、金を奪おうとした。しかし、居合わせた源蔵の代貸の弥七《やしち》は、配下の博奕打ちたちと必死に抗い、賭場荒しの浪人の一人を殺した。そして、二人の浪人は半死半生で捕らえられた。只一人片倉丈一郎だけが追手を振り切り、江戸から逃れた。

北町奉行所は、逃げた片倉丈一郎をお尋ね者とし、浪人の一人を殺した代貸の弥七を江戸十里四方払の刑に処した。

代貸の弥七の刑が軽かったのは、襲われた側の必死の抗いの結果であり、弥七一人で殺したとは断定出来なかったからだ。

何れにしろ、賭場荒しの浪人片倉丈一郎は江戸から逃げ、襲われた側の代貸弥七は追放刑で江戸を追われた。

「それで柳橋の、そのお尋ね者の片倉丈一郎が江戸に舞い戻って来たのか……」

南町奉行所吟味方与力《ぎんみがたよりき》秋山久蔵《きゅうぞう》は眉をひそめた。

「はい。片倉丈一郎を見掛けた者が何人かおり、間違いないものと……」

幸吉は告げた。

「そうか……」

久蔵は頷いた。

「片倉丈一郎、何しに江戸に舞い戻って来たのかは分かりませんが、放っては置けません」

定町廻《じょうまちまわ》り同心の神崎和馬《かずま》は、厳しい面持ちで告げた。

「うむ。和馬、柳橋と探索を進め、一刻も早くお縄にしな」

「心得ました。それから秋山さま、柳橋の話では、賭場荒しに遭って潰《つぶ》れた賭場に何者かが出入りしているそうです」

和馬は眉をひそめた。

「潰れた賭場に……」

「はい。賭場の隣の座敷に飯粒の付いた青い笹の葉がありました」

幸吉は告げた。

「最近、握り飯を食った者がいるか……」

久蔵は読んだ。

「きっと……」

幸吉は頷いた。

「柳橋の、賭場荒しに遭った今戸の源蔵一家はどうなっているのだ」

「はい。貸元の源蔵が殺され、代貸の弥七が追放の刑になり、一家は既に潰れて博奕打ちたちは散り散りになっています」

「そいつらが、わざわざ荒れ果てた賭場に行って握り飯を食べる事もあるまい……」

「となると、浪人の一人を殺して江戸十里四方払になった代貸の弥七……」

幸吉は読んだ。

「かもしれぬが、江戸で暮らしていなく、通り掛かった旅人ならばお構えなしだ……」

久蔵は頷いた。

江戸十里四方払の刑を受けた者は江戸で暮らすのは許されぬ。だが、旅の途中と云う事で通るのは許されていた。

「はい……」

「柳橋の。気になるのなら、潰れた賭場で握り飯を食ったのが誰か追ってみるんだな……」

久蔵は、小さな笑みを浮かべた。

和馬と幸吉は、勇次、雲海坊《うんかいぼう》、新八《しんぱち》、清吉《せいきち》とお尋ね者の片倉丈一郎の足取りを探した。

そして、幸吉は江戸十里四方払の刑になっている代貸の弥七を探るように由松に命じた。

お尋ね者の浪人片倉丈一郎は、二日前に花川戸町の老木戸番に目撃されている。

和馬と幸吉は、片倉丈一郎が浅草界隈《かいわい》に潜んでいると睨んだ。

勇次と新八、雲海坊と清吉は、盛り場に屯《たむろ》している浪人や遊び人たちに聞き込みを掛けた。

だが、四年前の出来事だ。

浪人や遊び人たちは、賭場荒しがあった事を知っていても、片倉丈一郎を直に見知っている者は少なく、情報は容易に集まらなかった。

和馬と幸吉、勇次と新八、雲海坊と清吉は、聞き込みを掛け続けた。

大川には様々な船が行き交っていた。

浅草駒形町は、大川と蔵前通りの間にある駒形堂の南北にあった。

由松は、代貸の弥七が暮らしていた駒形堂裏の長屋を訪れた。

四年前、代貸の弥七はおせんと云う名の女房と一歳程の幼子と暮らしていた。

由松は、長屋のおかみさんたちに聞き込みを掛けた。

女房のおせんは、弥七が江戸十里四方払になって江戸を追放された後、幼子を連れて長屋から立ち退いていた。

「で、おかみさん、おせんさんたちが何処に引っ越したのか、分かりますか……」

由松は、初老のおかみさんに尋ねた。

「さあ、下谷の方だと聞きましたが、詳しくは分かりませんよ」

初老のおかみさんは首を捻った。

「そうですか。処で弥七とおせんさんの夫婦仲は、どんな風でした……」

「それが、弥七さんは博奕打ち一家の代貸と云っても、気《き》っ風《ぷ》の良い優しい人でね。おせんさんとの夫婦仲、そりゃあ良かったですよ」

「そうですか……」

「ええ。そりゃあ、人を殺《あや》めて江戸から追い出されたけど、悪いのは賭場を荒した浪人でしょう。御負けに貸元を殺されたら、誰だって大人しくしちゃあいないよ。それなのに女房子供を残して江戸から追い出されたなんて、気の毒ですよ。ねっ、お前さんだってそう思うだろう」

初老のおかみさんは、弥七とおせん夫婦に同情していた。

「えっ、ええ……」

由松は、思わず頷いた。

「ああ。片倉丈一郎なら見掛けたぞ……」

食詰め浪人は、浅草奥山の場末の飲み屋で安酒に眼を赤くして頷いた。

「何処で見掛けたんですか……」

清吉は身を乗り出した。

「何処だと思う……」

食詰め浪人は、狡猾《こうかつ》な笑みを浮かべた。

「お侍、お前さんも叩けば埃《ほこり》の舞う身体だろう。小遣欲しさに勿体付けるなら、身の廻りをいろいろ調べさせて貰うよ」

雲海坊は、食詰め浪人に笑い掛けた。

「えっ……」

食詰め浪人は、不安げに安酒を啜《すす》った。

「それで片倉丈一郎、何処で見掛けたのかな。南無阿弥陀仏……」

雲海坊は、笑いながら経を唱えた。

「此処だよ……」

食詰め浪人は、怯《おび》えと悔しさを交錯させた。

「此処……」

雲海坊と清吉は、思わず顔を見合わせた。

二

お尋ね者の浪人片倉丈一郎は、浅草奥山の場末の飲み屋に現れていた。

雲海坊と清吉は、場末の飲み屋の亭主に片倉丈一郎の似顔絵を見せた。

「ああ。此の浪人なら、確か一昨日の夜ですか、来ていましたよ」

亭主は頷いた。

「そうか、間違いないか……」

雲海坊は頷いた。

「雲海坊さん……」

清吉は、緊張を浮かべていた。

「清吉、俺は此処で托鉢《たくはつ》をする。お前は此の事を親分に報せな」

雲海坊は命じた。

「合点です。じゃあ……」

清吉は走り去った。

「ならばお侍、名は……」

「し、城山軍兵衛《しろやまぐんべえ》……」

食詰め浪人は名乗った。

「ほう。立派な名だな」

「まあな……」

「ならば城山軍兵衛さん、此処の酒代は拙僧《せっそう》が引き受けよう……」

雲海坊は、食詰め浪人に笑い掛けた。

「えっ……」

「その代わり、片倉丈一郎が現れたら、外にいる拙僧にそれとなく報せてくれ……」

「うん……」

「万が一、余計な真似をすれば、拙僧が小塚原《こづかっぱら》の刑場で経を読む事になる」

雲海坊は、楽しげに笑い掛けた。

「わ、分かった……」

城山軍兵衛は、怯えたように頷いた。

江戸十里四方払の刑に処せられた代貸の弥七の女房おせんは、幼い子供を連れて駒形町の長屋から下谷に引っ越していた。だが、下谷の何処に引っ越したのか、詳しくは分からなかった。
由松は、取り敢えずおせんの行方を追うのを止め、浅草今戸町の源泉寺の賭場を訪れた。

源泉寺の家作は、雑草に囲まれて静寂に覆われていた。
由松は、崩れ掛けた土塀沿いを進み、傾いた裏門に出た。
今日は誰も来てないのか……。
由松は、傾いた裏門を潜って家作の様子を窺った。
人のいる様子は窺えない……。
由松は家作に入った。

家作の賭場や隣の座敷には、昨日と変わった処は何もなかった。
由松は見定め、家作を出た。
暫《しばら》く様子をみるか……。

由松は、傾いた裏門に続く土塀の陰に潜んだ。

微風が生い茂る雑草を小さく揺らした。


浅草奥山の場末の飲み屋は、人足や遊び人たちが出入りしていた。

雲海坊は、飲み屋の見える処に佇《たたず》み、経を読んで托鉢を続けていた。

和馬、幸吉、清吉は、物陰から場末の飲み屋を見張った。

「本当に来ますかね、片倉丈一郎……」

清吉は、微かに苛立《いらだ》った。

「清吉、俺たちは待つのも仕事の内だ」

幸吉は、厳しく言い聞かした。

「はい。すみません」

清吉は、素直に詫びた。

幸吉は苦笑した。

「柳橋の……」

巻羽織《まきばおり》を脱いだ和馬が、幸吉にやって来る塗笠を被った浪人を示した。

幸吉と清吉は、和馬の示した塗笠を被った浪人を見詰めた。

雲海坊は、塗笠を被った浪人に気が付いて経を読む声を張り上げた。

塗笠を被った浪人は、場末の飲み屋に入った。

雲海坊は、食詰め浪人の城山軍兵衛が出て来るのを待った。だが、城山軍兵衛は出て来なかった。

塗笠を被った浪人は、片倉丈一郎ではなかったのか……。

雲海坊は、微かな苛立ちを覚えた。

僅かな刻《とき》が過ぎた。

塗笠を手にした浪人と遊び人が、飲み屋から出て来た。

浪人は、手にしていた塗笠を被った。

片倉丈一郎じゃあない……。

雲海坊は見定めた。

塗笠を被った浪人は、遊び人と一緒に立ち去って行った。

和馬、幸吉、清吉は見送った。

塗笠を被った浪人は、お尋ね者の片倉丈一郎ではなかった。

雲海坊、和馬、幸吉、清吉は、張り込みの疲れを感じずにはいられなかった。

崩れた土塀沿いを男がやって来た。

由松は、崩れた土塀の陰に隠れてやって来る男に気が付いた。

男は菅笠《すげがさ》を被り、風呂敷に包んだ荷物を背負って草鞋《わらじ》を履いていた。

由松は見守った。

菅笠を被った男は、源泉寺の傾いた裏門の前に佇み、辺りを鋭く見廻した。

由松は、土塀の陰で息を潜めた。

菅笠を被った男は、辺りに不審はないと見定めて傾いた裏門を潜った。

笹の葉に包んだ握り飯を食べた男……。

由松は睨み、傾いた裏門に近付いた。そして、雑草に埋れている軒の傾いた家作を見た。

菅笠を被った男は、既に軒の傾いた家作に入っていた。

何処の誰なのだ……。

江戸十里四方払になった代貸の弥七なのかもしれない……。

由松は、菅笠を被った男の素性を突き止めると決め、傾いた裏門の外に潜んだ。

僅かな刻が過ぎ、菅笠を被った男が傾いた裏門から現れ、崩れた土塀沿いを表に向かった。

荷物は家作に置いて来たのか、背負っていなかった。

菅笠を被った男は、背が高く瘦せた中年であり、草鞋を履いたままだった。

江戸十里四方払の咎人《とがにん》でも、旅の途中に江戸を通り抜けるのは許されていた。草鞋を履いているのは、旅の途中の証とされた。

菅笠を被った男は僅かに前屈みになり、一定の足取りで浅草広小路に向かっていた。

旅慣れている足取り……。

由松は、充分な距離を取って追った。

菅笠を被った男は、山谷堀《さんやぼり》に架かっている今戸橋を渡った。そして、山谷堀沿いの日本堤に曲がり、西に向かった。

日本堤は下谷三ノ輪町に続いており、途中に新吉原がある。

菅笠を被った男は、一定の足取りで日本堤の土手道を進んだ。

由松は、慎重に追った。

お尋ね者の浪人片倉丈一郎は、浅草奥山の場末の飲み屋に中々現れなかった。

幸吉は、張り込みを雲海坊と清吉、そして駆け付けた勇次と新八に任せ、和馬と南町奉行所に手配の結果を確かめに戻った。

雲海坊、勇次、新八、清吉は、交代しながら場末の飲み屋を見張った。

日本堤の土手道を進み、新吉原の脇の田畑の間の道に曲がって進めば入谷《いりや》になる。

菅笠を被った男は、新吉原の脇の道に入って田畑の中の道を進んだ。

行き先は入谷……。

由松は追った。

菅笠を被った男は、緑の田畑の間の道を入谷に進んだ。

陽は西に大きく傾いた。

菅笠を被った男は入谷に入り、鬼子母神《きしもじん》に手を合わせた。

菅笠を被った男には子供がいるのか……。

由松は読んだ。

菅笠を被った男は、参拝を終えて鬼子母神の境内を出た。そして、裏通りに向かった。

　由松は追った。

　菅笠を被った男は、裏通りを進んだ。

　古い長屋があった。

　菅笠を被った男は、古い長屋の前に立ち止まった。

　古い長屋は、木戸の傍に古い地蔵尊がある処からお地蔵長屋と呼ばれていた。

　菅笠を被った男は、木戸の陰からお地蔵長屋の中を窺った。

　お地蔵長屋の井戸端では、おかみさんたちが賑やかに夕食作りに励み、幼い子供たちが楽しげに遊んでいた。

　菅笠を被った男は、おかみさんたちや幼い子供たちを見詰めた。

　お地蔵長屋に知り合いでもいるのか……。

　由松は見守った。

「何か用かい……」

　仕事から帰って来たお地蔵長屋に住む男が、木戸にいる菅笠を被った男に声を掛けた。

「あっ、いえ……」

菅笠を被った男は、慌てて木戸から離れて行った。

お地蔵長屋に住む男は、菅笠を被った男を怪訝に見送った。

由松は、木戸から離れた菅笠を被った男を追った。

菅笠を被った男は、鬼子母神に向かった。


夕暮れ時。

鬼子母神の境内に人気はなかった。

菅笠を被った男は、境内の隅にある木株に腰掛けて菅笠を取り、吐息を洩らした。

男は三十歳半ばであり、頰が削《そ》げ、鋭い眼をしていた。

由松は、通りから男を見守った。

荷物を背負った女が、幼い男の子を連れて通りをやって来た。

由松は、物陰に潜んだ。

荷物を背負った女と幼い男の子は、物陰に潜んでいる由松の前を通って裏通りに向かって行った。

直吉……。

由松は、幼い男の子が湯島天神でしゃぼん玉をやった直吉だと気が付いた。

直吉と針売りの母親……。

由松は、思わず直吉と針売りの母親を追った。

直吉と母親は、裏通りにあるお地蔵長屋の木戸を入って行った。

由松は、木戸の陰に走った。

お地蔵長屋の井戸端には、既におかみさんや子供たちはいなかった。

直吉と母親は、奥の家に入って行った。

由松は見届けた。

今は菅笠を被った男だ……。

由松は、急いで鬼子母神に戻った。

由松が戻った時、鬼子母神から菅笠を被った男が出て来た。

菅笠を被った男は、前のめりの姿勢で足早に浅草に向かった。

由松は追った。

夕陽は沈み、辺りは青黒さに覆われた。

浅草奥山の場末の飲み屋は、日暮れと共に雑多な客で賑わった。

雲海坊、勇次、新八、清吉は、お尋ね者の浪人片倉丈一郎が来るのを待ち続けた。

人足たちが、酔い潰れた浪人を飲み屋から担ぎ出して来て放り出した。

酔い潰れて放り出された浪人は、食詰めの城山軍兵衛だった。

雲海坊は苦笑した。

「雲海坊さん、あいつ……」

清吉は眉をひそめた。

「ああ、役に立たない奴だぜ」

雲海坊は、だらしなく酔い潰れている城山軍兵衛を見て苦笑した。

「雲海坊さん……」

勇次がやって来た。

「どうした、勇次……」

「後はあっしと新八が引き受けます。雲海坊さんと清吉は笹舟に戻って休んで下さい」

勇次は告げた。

「勇次の兄貴、あっしは残ります」

清吉は告げた。

「うん。じゃあ雲海坊さん、後はあっしたちが……」

「そうか。悪いな……」

「いいえ……」

勇次は笑った。

「じゃあ、宜しく頼む……」

雲海坊は、錫杖《しゃくじょう》をついて浅草寺の裏手に向かった。

俺も歳を取り、密偵の中で一番の年嵩《としかさ》になった……。

雲海坊は、そう思いながら浅草寺の暗い裏手を進んだ。

菅笠を被った男が、行く手の暗がりからやって来た。

雲海坊は、寺の土塀の暗がりに退った。

菅笠を被った男は、前のめりの姿勢で一定の足取りで進んで来る。

旅慣れている……。
雲海坊は睨んだ。
菅笠を被った男は、浅草寺の横手に曲がって進んだ。
雲海坊は、菅笠を被った男の背後から来る者に気が付いた。
尾行《つけ》ている……。
雲海坊は、背後から来る者の足取りや身のこなしをそう読み、暗がりを透かし見た。
由松……。
雲海坊は、菅笠を被った男を尾行て来る者が由松だと気が付いた。
由松は、菅笠を被った男を見失わないように慎重に尾行ていた。
雲海坊は、暗がりを出て由松に並んだ。
「雲海坊の兄貴……」
由松は、雲海坊に気が付いて微かな戸惑いを浮かべた。
「奥山の飲み屋に片倉丈一郎が出入りしていてな。今、勇次たちが張り込んでいる」

雲海坊は小声で告げた。

「そうですか、どうやら奴が源泉寺で握り飯を食ったようでしてね」

由松は、先を行く菅笠を被った男を示した。

菅笠を被った男は、浅草寺の横手を抜けて東本願寺に進んだ。

由松と雲海坊は、菅笠を被った男を尾行た。

菅笠を被った男は、新堀川沿いの道を南に向かった。

由松と雲海坊は尾行た。

新堀川の流れは緩やかだった。

菅笠を被った男は、浅草阿部川町を過ぎて旗本御家人の組屋敷が並ぶ一角に出た。そして、板塀に囲まれた一軒の組屋敷の前に佇んだ。

由松と雲海坊は見届けた。

菅笠を被った男は、組屋敷の様子を窺った。

由松と雲海坊は見守った。

「誰の屋敷かな……」

「ああ……」

由松と雲海坊は、組屋敷を窺う菅笠を被った男を見守った。

菅笠を被った男は、道端の石を拾って板塀越しに組屋敷に投げ込み、物陰に隠れた。

石は組屋敷の板塀に当たり、夜の静寂に音を響かせた。

由松と雲海坊は、戸惑いながらも物陰に隠れて見守った。

中年の武士が、刀を手にして組屋敷から出て来た。そして、厳しい面持ちで木戸門を開けて外を見廻した。

「誰かいたか……」

男の厳しい声が聞こえた。

「いや。誰もいない。石でも投げ込んで逃げたのだろう」

中年の武士は事態を読み、木戸門を閉めて組屋敷に戻って行った。

菅笠を被った男は、物陰から現れて組屋敷の前から離れた。

「野郎を追います」

由松は告げた。

「うん。俺は此の組屋敷の主を調べておく」

雲海坊は頷いた。

由松は、菅笠を被った男を追った。

雲海坊は見送り、組屋敷を眺めた。

刀を持って出て来た武士は、おそらく組屋敷の主だ。そして、他に対等な言葉遣いをする誰かがいる。

雲海坊は読んだ。


お尋ね者の浪人片倉丈一郎は、浅草奥山の場末の飲み屋に現れなかった。

勇次は、新八と清吉を休ませた。

「親分……」

由松が、船宿『笹舟』の居間に現れた。

「おう。御苦労だったな。雲海坊に聞いたが、菅笠を被った奴はどうした」

「はい。今戸の源泉寺の家作に戻りました」

「そうか……」

「はい。で、親分、雲海坊の兄貴は……」

「うん。新堀川沿いにある組屋敷の主が小普請組《こぶしんぐみ》の笹岡淳之介《ささおかじゆんのすけ》って御家人だと分かってな。どんな野郎か聞き込みに行ったよ」

「小普請組の笹岡淳之介ですか……」

「ああ。それから、組屋敷には主の笹岡と対等な口を利く奴がいたそうだな」

「ええ……」

「雲海坊、そいつが気になるようだ」

「そうですか……」

「で、由松、菅笠を被った奴、どんな様子なんだ」

「そいつが、昨日は源泉寺を出て入谷のお地蔵長屋に行きましてね……」

由松は、直吉と母親がお地蔵長屋の家に入って行くのを思い出した。

「入谷のお地蔵長屋……」

「はい。それから笹岡淳之介の組屋敷に行きました」

「お地蔵長屋には、何しに行ったのだ」

「木戸の陰から晩飯の仕度をするおかみさんや遊んでいる子供を眺めていましたよ」

「おかみさんや子供……」

「はい。親分、四年前に江戸十里四方払になった代貸の弥七には、おせんと云う名の女房と一歳程の子供がいます。もし、弥七ならばおせんと子供を捜しているのかもしれません」

　由松は睨んだ。

「じゃあ、弥七の女房のおせんと子供は、お地蔵長屋にいるのかもな……」

「ええ……」

「よし。源泉寺の賭場には勇次たちを行かせる。由松は、お地蔵長屋を調べてくれ」

「承知しました……」

　由松は頷いた。

三

　新堀川沿いの組屋敷の主笹岡淳之介は、妻も子も奉公人もいなく一人暮らしだった。

　雲海坊は、笹岡淳之介がどのような者なのか調べた。

　笹岡淳之介は、若い頃からの遊び人で酒や博奕、女遊びに忙しかった。そして、同じ御家人や浪人、遊び人などの悪仲間と付き合っていた。

笹岡屋敷にいる主の笹岡と対等な口を利く男は、そうした悪仲間なのかもしれない。

悪仲間の中には、お尋ね者の浪人片倉丈一郎がおり、笹岡屋敷に匿《かくま》われているのかもしれない。

もし、菅笠を被った男が片倉丈一郎を捜して笹岡屋敷に来たのなら、その素性と狙いは何なのだ……。

雲海坊は、思いを巡らせた。

入谷お地蔵長屋は朝の洗濯の時も過ぎ、赤ん坊の泣き声が響いているだけだった。

由松は、お地蔵長屋の大家の家を訪れた。

「何か用かな……」

大家の善平《ぜんぺい》は、怪訝な面持ちで由松を見た。

「はい。手前は柳橋の岡っ引幸吉の身内の由松と申します」

由松は、己の素性と名を告げた。

「ほう。柳橋の身内かい……」

「はい……」

「弥平次《やへいじ》の御隠居は達者かな……」

　大家の善平は、先代の柳橋の弥平次を知っていた。

「はい。御隠居は女将さんと向島《むこうじま》で達者にしております」

「そいつは何より。弥平次の御隠居さんには、昔いろいろお世話になってね。で、用ってのはなんだい……」

　大家の善平は、由松に笑い掛けた。

「はい。お地蔵長屋に住んでいる人たちの中に、おせんって人はおりませんか……」

　由松は、江戸十里四方払になった代貸の弥七の女房の名を出した。

「おせん……」

　大家の善平は白髪眉をひそめた。

「はい……」

「おせんさんがどうかしたのかい……」

　大家の善平は、由松に厳しい眼を向けた。

「いえ。おせんさんがどうしたって事じゃありません。おせんさん、いるんですね、お地蔵長屋に……」

由松は、善平を見詰めた。

「うむ……」

善平は頷いた。

「実はおせんさんの亭主の弥七が江戸に舞い戻っているようでしてね」

「江戸十里四方払になっている弥七が……」

善平は、おせんの亭主の弥七が何者か知っていた。

「はい。正直云って、女房のおせんさんに逢う為、旅の途中に寄ったのであれば何の不都合もありませんが、どうもそうじゃあないようでしてね」

「そうじゃあないとなると……」

善平は、不安を過《よ》ぎらせた。

「下手をしたら、おせんさんに累が及ぶ真似を為出かすかもしれません」

由松は眉をひそめた。

「それじゃあ、おせんさんが気の毒過ぎる」

善平は、おせんに同情した。

「あっしもそう思います。で、おせんさんの家、お地蔵長屋の……」

「直吉って倅と奥の家で暮らしているよ」

善平は告げた。

「直吉……」

由松は、しゃぼん玉を吹く直吉と礼を述べる母親を思い出した。

「知っているのかい……」

「はい……」

針売りの中年女が弥七の女房のおせんであり、直吉は倅だった。

おせんは、亭主の弥七が江戸十里四方払になった後、浅草駒形町の長屋から入谷のお地蔵長屋に越して来ていたのだ。

由松は、漸《ようや》く弥七の女房子供の居場所を突き止めた。そして、菅笠を被った男を代貸の弥七だと睨んだ。

今戸町の源泉寺は雑草が生い茂り、虫の音が溢れていた。

菅笠を被った男が、源泉寺の裏門から出て来て崩れた土塀沿いに表に向かった。

新八が草の茂みから現れ、菅笠を被った男を追った。

菅笠を被った男は、源泉寺の土塀沿いから現れて通りに向かった。
勇次が物陰から現れ、追って出て来た新八と合流して尾行を開始した。
菅笠を被った男は、今戸町の通りを浅草広小路に向かった。
何処に行くのだ……。
勇次と新八は、菅笠を被った男を追った。
菅笠を被った男は、僅かに前のめりの姿勢で一定の速さの足取りで進んだ。
勇次と新八は追った。

浅草奥山の場末の飲み屋は、仕事に溢《あぶ》れた人足が昼前から安酒を飲んでいた。
清吉は物陰に潜み、お尋ね者の浪人の片倉丈一郎が飲み屋に現れるのを待った。
しかし、片倉丈一郎は現れず、食詰め浪人の城山軍兵衛がやって来た。
今日も安酒に酔い潰れるか……。
清吉は苦笑し、辛抱強く張り込みを続けた。

湯島天神の参道には露店が並び、多くの参拝客が行き交っていた。
由松は石灯籠の陰に佇み、並んでいる露店におせんと直吉を捜した。

おせんは、並ぶ露店の端で商売をしていた。

由松は、石灯籠の陰から見守った。

おせんは茣蓙《ござ》に座り、小さな台の上に様々な針を並べて売っていた。

直吉は、おせんの隣に座り、小枝で地面に字を書いていた。

おせんは、直吉の書いた字を見ては、褒めたり直したりしていた。

直吉は楽しげに地面に字を書き、おせんは訪れる客の相手をしていた。

おせんは、亭主の弥七が江戸に来ているのを知っているのか……。

由松は、参道の周囲を窺った。

亭主の弥七らしき男はいない……。

由松は見定めた。

亭主の弥七は、賭場荒しの浪人を殺して江戸十里四方払の刑に処せられた。だが、追放の刑に処せられても、旅の途中に江戸を通るのは認められている。女房のおせんや悴の直吉に逢いたければ逢えるのだ。だが、弥七はおせんや直吉と逢う事もなく、江戸に留まっている。

もし、それがお上に知れれば、弥七の罪科は重くなるだけだ。

弥七がそれを知らぬ筈はない……。

それなのに留まっているのは、何かをやろうとしているからなのだ。

何を企んでいるのか……。

由松は読んだ。

「あっ、しゃぼん玉のおじさん……」

直吉が、石灯籠の陰にいた由松に気が付いて顔を輝かせた。

由松は、石灯籠の陰から出た。

「おじさん……」

直吉は、参拝客の行き交う参道を横切って石灯籠の傍にいる由松に駆け寄った。

「やあ。直吉……」

由松は、直吉を抱き上げて参道を横切っておせんの許に進んだ。

「おっ母ちゃん、しゃぼん玉のおじさんだよ」

「ええ。先日はどうも……」

おせんは微笑《ほほえ》み、由松に挨拶をした。

「いいえ。精が出るね。あっしは今日も休みですよ」

「何処か身体の具合でも……」

おせんは心配した。

「なに、ちょいと怠け癖が出ましてね」

由松は苦笑した。

「それなら良いですけど……」

おせんは微笑んだ。

「よし。直吉、団子を食べに行くか……」

由松は誘った。

「うん……」

直吉は、嬉しげに頷いた。


浅草広小路には大勢の人が行き交っていた。

菅笠を被った男は、浅草広小路を横切って蔵前通りに出た。

勇次と新八は、慎重に尾行て来た。

菅笠を被った男は、蔵前通りから諏訪町の間の道に曲がって西に進んだ。

西には新堀川が流れている。

勇次と新八は追った。

菅笠を被った男は、森下を抜けて新堀川に架かっている橋を渡って組屋敷街に進んだ。

菅笠を被った男は組屋敷街に入り、一軒の組屋敷の前に佇んだ。

勇次と新八は、物陰から見守った。

「誰の屋敷ですかね……」

新八は、組屋敷を眺めた。

「御家人の笹岡淳之介の屋敷だ……」

雲海坊が、勇次と新八の背後に現れた。

「雲海坊さん……」

「今戸の源泉寺から来たのか……」

雲海坊は、菅笠を被った男を見詰めた。

「ええ。野郎、何をする気ですかね……」

勇次と新八は、菅笠を被った男を見守った。

菅笠を被った男が笹岡屋敷から離れ、物陰に潜んだ。

笹岡屋敷から誰かが出て来る……。

雲海坊、勇次、新八は緊張を過ぎらせた。

笹岡屋敷の木戸門が開き、塗笠を被った二人の侍が出て来た。

主の笹岡淳之介と対等な口を利いていた者だ……。

雲海坊は睨んだ。

笹岡淳之介と対等な口を利く侍は、新堀川沿いの道に出て東本願寺に向かった。

菅笠を被った男は追った。

「雲海坊さん……」

勇次は促した。

「うん……」

雲海坊、勇次、新八は、笹岡淳之介たちを尾行る菅笠を被った男に続いた。

「で、笹岡淳之介、どんな野郎ですか……」

勇次は、菅笠を被った男の後ろ姿を見据えて雲海坊に尋ねた。

「若い頃からの遊び人でな。いろいろ悪い噂のある陸《ろく》でなし、お尋ね者の浪人片倉丈一郎と繋がりがあるのは、間違いないだろう」

雲海坊は告げた。

金龍山浅草寺は、いつものように賑わっていた。

笹岡淳之介と対等な口を利く侍は、浅草奥山に向かっていた。

場末の飲み屋に行くのか……。

雲海坊は読み、勇次や新八と追った。

浅草奥山の場末の飲み屋では、城山軍兵衛たち食詰め浪人や遊び人たちが安酒を飲んでいた。

お尋ね者の浪人片倉丈一郎は現れない……。

清吉は、見張りを続けていた。

塗笠を被った二人の侍が、浅草寺の裏手からやって来た。

清吉は物陰に隠れた。

塗笠を被った二人の侍は、場末の飲み屋に入った。

二人の侍のどちらかが片倉丈一郎なのかもしれない……。

清吉は睨んだ。

菅笠を被った男が続いて現れ、場末の飲み屋を窺った。

誰だ……。

清吉は戸惑った。

塗笠を被った二人の侍を追って来たのか……。

清吉は緊張した。

「御苦労さん……」

勇次が、雲海坊や新八と清吉の背後に現れた。

「兄貴、雲海坊さん……」

清吉は、微かな安堵を覚えた。

「先に来て飲み屋に入った塗笠を被った二人の侍の面、見たか……」

勇次は、清吉に尋ねた。

「そいつが、二人とも笠を被ったままでしたので……」

清吉は、悔しげに告げた。

「警戒しているな」

雲海坊は苦笑した。

「ええ。それだけお尋ね者の片倉丈一郎かもしれないって事ですか……」

勇次は睨んだ。

「うん。それで菅笠の奴が何をするかだ……」

雲海坊は、物陰から飲み屋を窺う菅笠を被った男に厳しい眼を向けた。

僅かな刻が過ぎた。

御家人の笹岡淳之介が飲み屋から現れ、辺りを窺いながら手にしていた塗笠を被った。

もう一人の侍は、塗笠を被って飲み屋から出て来た。

笹岡ともう一人の侍は、浅草寺の裏手に向かった。

刹那《せつな》、菅笠を被った男が匕首《あいくち》を抜き、塗笠を被ったもう一人の侍に突進した。

「雲海坊さん……」

勇次、雲海坊、新八、清吉は緊張した。

菅笠を被った男は、塗笠を被った侍に匕首で突き掛かった。

塗笠を被った侍は、咄嗟《とっさ》に躱《かわ》した。

塗笠が飛び、侍の顔が露わになった。

睨み通り、お尋ね者の浪人片倉丈一郎だった。

「片倉丈一郎です……」

「うん……」

勇次、雲海坊、新八、清吉は、もう一人の侍をお尋ね者の片倉丈一郎だと見定めた。

「おのれ、下郎……」

笹岡淳之介と片倉丈一郎は刀を抜き、菅笠を被った男に斬り掛かった。

菅笠を被った男は、匕首を振るって闘った。

笹岡と片倉は、菅笠を被った男を押した。

菅笠を被った男は、追い詰められた。

「雲海坊さん……」

「ああ……」

勇次、雲海坊、新八、清吉は、物陰から走り出て片倉丈一郎に向かった。

「お尋ね者の片倉丈一郎、神妙にしろ」

勇次は、片倉に十手を向けた。

「黙れ……」

片倉は、猛然と勇次に斬り掛かった。

雲海坊が錫杖を唸《うな》らせた。

片倉は、慌てて躱した。

新八は三尺程の長さの鎖の両端に分銅の付いた萬力鎖《まんりきぐさり》、清吉は鎖の片方に一尺弱の鉄棒の付いた鎖打棒《くさりうちぼう》で笹岡淳之介と闘った。

勇次、雲海坊、新八、清吉は、片倉と笹岡を取り囲み、見切りの内に決して踏み込まず、素早く動いて闘った。

「おのれ……」

片倉と笹岡は、焦りを浮かべて勇次、雲海坊、新八、清吉に斬り掛かった。

安酒に酔った食詰め浪人や遊び人たちが飲み屋から現れ、賑やかに囃《はや》し立てた。

菅笠を被った男は、後退《あとずさ》りをして身を翻した。

「新八……」

勇次が目配せをした。

新八は頷き、菅笠を被った男を追った。

片倉と笹岡は、賑やかに囃し立てる食詰め浪人や遊び人たちの間を逃げた。

勇次と清吉は、呼び子笛を吹き鳴らして追い掛けようとした。

「勇次、清吉……」

雲海坊は呼び止めた。

「雲海坊さん……」

勇次と清吉は立ち止まった。

「行き先は、おそらく笹岡の組屋敷だ」

雲海坊は苦笑した。

「はい……」

勇次は頷いた。

「気になるのは、片倉と笹岡が此処へ何しに来たのかだ……」

雲海坊は眉をひそめた。

「雲海坊さん、飲み屋に酔っ払いの城山軍兵衛がいる筈です」

清吉は告げた。

「よし……」

雲海坊は冷笑を浮かべた。


城山軍兵衛は酔っていた。

雲海坊、勇次、清吉は、足を取られて座り込んだ城山軍兵衛を取り囲んだ。

「で、城山軍兵衛、片倉丈一郎と笹岡淳之介は、何しに来たんだ」

雲海坊は、城山を厳しく見据えた。

「酒だ。酒を飲みに来たんだ……」

城山は、安酒に赤く濁った眼を向けた。

「惚《とぼ》けるなら……」

勇次は、城山に捕り縄を打った。

「な、何をする……」

城山は狼狽《うろた》えた。

「大番屋でゆっくり思い出して貰いますぜ」

勇次は、嘲《あざけ》りを浮かべた。

「賭場荒しだ……」

城山は観念し、勇次に縋《すが》る眼を向けた。

「賭場荒しだと……」

「ああ。谷中《やなか》の賭場を荒す手伝いを捜しに来たんだ」

城山は、溜息混じりに吐いた。

「城山軍兵衛、そいつに嘘偽りはないな……」

雲海坊は、城山軍兵衛を厳しく見据えた。

「やはり、お尋ね者の片倉丈一郎、江戸に舞い戻っていたか……」

久蔵は、和馬から報せを受けた。

「はい。で、御家人の笹岡淳之介と一緒に賭場荒しを企てているそうです」

和馬は告げた。

「片倉の野郎、足の付かない金を奪い、逃げ廻る軍資金を調達しようって魂胆か……」

久蔵は読んだ。

「おそらく……」

和馬は頷いた。

「そうはさせねえ……」

久蔵は冷笑を浮かべた。

「それから秋山さま、片倉の命を狙った者がいるそうです」

「片倉の命を……」

久蔵は眉をひそめた。

「はい。幸吉や雲海坊、勇次の話では、どうやらそいつは四年前に片倉たちに賭場を荒されて殺された貸元今戸の源蔵の代貸の弥七かもしれないと……」

「江戸十里四方払の刑になっている奴だな」

「ええ。もしそうなら、弥七は江戸に潜り込んで片倉を殺し、貸元の源蔵の恨みをはらそうとしているのかも……」

和馬は読んだ。

「博奕打ちにしちゃあ義理堅い野郎だな……」

久蔵は苦笑した。

四

湯島天神は夕陽に照らされ、参拝客たちも少なくなった。

参道に並ぶ露店は、店仕舞いをし始めた。

おせんと直吉の周囲に弥七らしい男は現れなかった。

由松は見定めた。

おせんと直吉は、売り物の針を片付けて店仕舞いをした。

「おせんさん、良かったら蕎麦《そば》でも食べないか……」

由松は誘った。

「えっ……」

おせんは、戸惑いを浮かべた。

「わあ、おいら、蕎麦が食べたい……」

直吉は喜んだ。

湯島天神の前の蕎麦屋は、夕食前の閑散とした時を迎えていた。

直吉は、卵でとじたけいらん蕎麦を美味《うま》そうに食べた。

「どうだ直吉。美味いか……」

由松は、直吉に尋ねた。

「うん。美味《おい》しいよ」

直吉は、嬉しげに頷いた。

「そうか。美味いか……」

由松は安堵し、手酌で酒を飲んだ。

「そうよね。お蕎麦なんて滅多に食べないものね。本当に美味しいね」

おせんは、蕎麦を食べながら直吉に笑い掛けた。

「うん。美味しいね。おっ母ちゃん……」

直吉は、けいらん蕎麦を食べた。

由松は、美味そうに蕎麦を食べる直吉とおせんを見ながら徳利一本の酒を飲んだ。

酒はいつもとは違い、穏やかで円《まろ》やかな美味さがあった。

いつもよりずっと美味い……。

由松は戸惑っていた。

此が酒の本当の味なのかもしれない……。

由松は、楽しそうに蕎麦を食べる直吉とおせんを肴《さかな》に飲む酒が美味かった。

入谷に帰るには、湯島天神から下谷広小路を抜けて行く。

由松は眠った直吉を背負い、売り物の針や道具の風呂敷包を持ったおせんと夜道を入谷に向かった。

「すみませんね。重いでしょう、直吉……」

おせんは詫びた。

「いえ。直吉ぐらいは未だ未だ……」

由松は、眠る直吉を背負い直して夜道を急いだ。

「直吉、お父っつあんを知らない子でしてね」

「お父っつあんを知らない子……」

「ええ。直吉が赤ん坊の頃に旅に出ちまいましてね。年に一度、旅の途中に顔を見に立ち寄るぐらい。だから、由松さんに甘えて……」

おせんは苦笑した。

「そうなんですかい……」

「ええ……」

「じゃあ、お父っつぁんも淋しい思いをしていますぜ」

由松は、お地蔵長屋の木戸でおせんと直吉を捜す弥七を思い出した。

「さあ、どうですか、私と赤ん坊だった直吉より、渡世の義理を選んだ人ですから……」

おせんは、冷ややかに告げた。

「おせんさん……」

由松は眉をひそめた。

入谷お地蔵長屋の家々には、ささやかな明かりが灯されていた。

由松は、直吉を背負って長屋の木戸や暗がりを窺った。

潜んでいる者はいない……。

由松は見定め、おせんに続いて奥の家に向かった。

おせんは、荷物を置き、行燈《あんどん》に火を灯して蒲団を敷いた。

「済みません、由松さん……」

由松は、眠っている直吉を背負って家に入って来た。そして、直吉を蒲団に寝かせた。

直吉は、眠り続けた。

「可愛い顔して眠っているよ……」

由松は、直吉の寝顔を見て微笑んだ。

「由松さん……」

「おせんさん、じゃあ……」

由松は、素早く三和土《たたき》に下りた。

「ありがとうございました」

おせんは頭を下げた。

「御免なすって……」

由松は、おせんの家を出て腰高障子を閉めた。

おせんは、眠る直吉を見て吐息を洩らした。

行燈の火は瞬いた。

由松は、お地蔵長屋の木戸でおせんの家を振り返った。

おせんの家の腰高障子に映る小さな明かりは、不安そうに瞬いていた。


柳橋の船宿『笹舟』は、屋根船や猪牙舟《ちょきぶね》を繋いで店仕舞いを始めた。

由松は、幸吉に事の次第を報せた。

「そうか、源泉寺の賭場にいる男、やっぱり代貸の弥七だったか……」

幸吉は頷いた。

「ええ。それで、女房のおせんと悴の直吉に逢いに来るかと思い、ちょいと張り付いてみたんですが……」

由松は苦笑した。

「現れなかったかい……」

「ええ……」

「由松、弥七は、お尋ね者の片倉丈一郎の命を狙っているぜ」

幸吉は告げた。

「弥七が片倉を……」

由松は眉をひそめた。

「殺された貸元の源蔵の恨みを晴らそうとしているのかもしれない……」

「貸元の源蔵の恨みを晴らす……」

「ああ……」

「で、お尋ね者の片倉丈一郎は……」

「新堀川沿いにある笹岡淳之介って御家人の組屋敷に潜んでいてな。雲海坊が勇次や清吉と見張っている。で、さっき新八から報せがあってな。弥七は源泉寺にいるそうだ」

「そうですか。親分、弥七、江戸十里四方払になってから、賭場荒しを企んだ片倉丈一郎を捜し廻っていたのかもしれませんね」

「ああ……」

「それで親分、和馬の旦那と秋山さまは……」

由松は、幸吉に久蔵と和馬の出方を訊いた。

「お目付の榊原蔵人《さかきばらくらんど》さまに報せて笹岡淳之介の組屋敷に踏み込み、片倉丈一郎を捕らえる」

直参《じきさん》御家人は、町奉行所支配ではなく目付の支配下にある。

久蔵は、目付の榊原蔵人に話を通して御家人の笹岡淳之介の組屋敷に踏み込むつもりなのだ。

「そうですかい……」

由松は、微かな安堵を過ぎらせた。

「どうかしたのか……」

「いえ。片倉をお縄にすれば、弥七に此以上の罪を重ねさせずに済みますので……」

「由松……」

「親分、弥七と女房のおせんや倅の直吉、一緒に暮らせるようにしてやれないものですかね……」

由松は告げた。

新堀川沿いにある御家人笹岡淳之介の屋敷は、雲海坊、勇次、清吉の監視下に置かれていた。

笹岡淳之介と片倉丈一郎は、浅草奥山を逃げてから組屋敷に潜んでいた。

直参旗本や御家人に町奉行所は手出しが出来ない……。

笹岡はそう高を括《くく》り、子供の頃からの悪仲間の片倉丈一郎を組屋敷に匿っていた。

和馬と幸吉がやって来た。

「どうだ……」

「笹岡淳之介と片倉丈一郎、町方は手出しが出来ないと嘗《な》めやがって、のうのうとしていますぜ」

勇次は、苛立たしげに報せた。

「苛立つな勇次。秋山さまが来たらそいつも終わりだ」

和馬は、苦笑しながら勇次を宥《なだ》めた。

「はい……」

「よし。勇次、清吉、裏に廻ってくれ」

幸吉は命じた。

「承知……」

勇次と清吉は笹岡屋敷の裏手に廻った。

「親分、弥七はどうしました」

雲海坊は尋ねた。

「新八が見張っているが、由松が妙に心配してな……」

「由松が……」

雲海坊は眉をひそめた。

「ああ。それで源泉寺に行かせたぜ」

幸吉は告げた。


今戸町の源泉寺は静寂に覆われていた。

由松は、崩れ掛けている土塀沿いを裏手に廻った。

「由松さん……」

新八が、傾いた裏門近くの木陰から現れた。

「ご苦労さん、弥七は……」

「昨日、浅草奥山から戻ったまま動いちゃあいません」

新八は告げた。

「そうか。よし、見張りを代わる。休んで来な……」

「はい。じゃあ、ちょいと飯を食って来ます」

新八は、由松に会釈をして駆け去った。

弥七は、未だ片倉丈一郎の命を狙うつもりなのか……。

それとも今回は諦めて江戸を離れ、次の機会を待つのか……。

由松は、想いを巡らせた。

何れにしろ、弥七に罪を重ねさせてはならないのだ。

おせんと直吉の為にも……。

由松は、傾いた裏門越しに裏庭にある家作を窺った。

軒の傾いた家作は、雑草に埋れていた。


組屋敷街には、行商人の売り声が長閑《のどか》に響いていた。

和馬、幸吉、雲海坊、勇次、清吉は、笹岡屋敷を取り囲んで見張った。

「和馬の旦那……」

幸吉は、新堀川沿いの道を示した。

久蔵が塗笠を被り、着流し姿でやって来た。

「秋山さまだ……」

和馬と幸吉は、久蔵に駆け寄った。

「御苦労……」

久蔵は、和馬と幸吉たちを労《ねぎら》った。

「踏み込みますか……」

和馬は意気込んだ。

「うむ。俺が踏み込む。勇次、清吉、一緒に来て片倉丈一郎を外に追い出せ。和馬、柳橋の、雲海坊、外に出て来た片倉をお縄にしろ」

「はっ……」

和馬と幸吉たちは頷いた。

久蔵は、冷笑を浮かべて命じた。

「みんな、怪我をしちゃあならねえ。手向かったら容赦なく叩きのめせ……」

勇次と清吉は、笹岡屋敷の板塀の木戸門を抉開《こじあ》けた。

久蔵は、木戸門を入って笹岡屋敷の式台に向かった。

勇次と清吉は、勝手口に廻った。

久蔵は、式台に上がって板戸を開けた。

直ぐの座敷は薄暗く、人はいなかった。

久蔵は、次の部屋の襖を開けた。

次の部屋にも笹岡淳之介と片倉丈一郎はいなく、奥に板戸があった。

奥の板戸の向こうには、板の間と台所がある筈だ。

久蔵は、奥の板戸を開けた。

板の間の囲炉裏《いろり》の傍にいた笹岡淳之介と片倉丈一郎が、久蔵に気が付いて弾かれたように立ち上がった。

「お尋ね者の片倉丈一郎だな……」

久蔵は、片倉丈一郎を見据えた。

「な、何だ、手前は……」

笹岡は怒声をあげた。

「俺か、俺は南町奉行所吟味方与力秋山久蔵って者だぜ」

久蔵は笑い掛けた。

「あ、秋山久蔵……」

片倉は、久蔵の名を知っていたらしく狼狽えた。

「お、俺は直参、不浄役人の……」

笹岡は焦った。

「黙れ、笹岡淳之介。既に目付衆が動いているぜ」

「おのれ……」

笹岡は、狼狽えながら久蔵に斬り掛かった。

久蔵は躱し、刀を抜いて笹岡と対峙《たいじ》した。

「やるかい……」

久蔵は誘った。

笹岡は、猛然と久蔵に斬り掛かった。

久蔵は、笹岡の刀を弾き飛ばした。

弾き飛ばされた刀は、壁に突き刺さって胴震いした。

笹岡は怯《ひる》んだ。

「未だやるか……」

久蔵は、笹岡に冷笑を浴びせた。

片倉が勝手口に逃げた。

片倉丈一郎が、勝手口から逃げ出して来た。

「神妙にしやがれ……」

勇次と清吉が立ちはだかった。

「退け、退け……」

片倉は刀を抜いた。

勇次は十手を構え、清吉は鎖打棒の分銅の付いた鎖を廻した。

「退かぬと斬る……」

片倉は、刀を振り廻して木戸門に走った。

勇次と清吉は追った。

片倉丈一郎は、木戸門から逃げ出した。

次の瞬間、和馬が横手から片倉に飛び掛かり、鋭い投げを打った。

片倉は、地面に激しく叩き付けられた。

土埃が舞った。

和馬は、必死に起き上がろうとする片倉から刀を奪い、その顔を殴り飛ばした。

片倉は、鼻血を飛ばして倒れ込んだ。

「野郎、大人しくしろ」

幸吉と雲海坊が飛び掛かり、片倉を十手と錫杖で押さえ付けた。

片倉は抗った。

勇次と清吉が駆け寄り、抗う片倉を殴り飛ばして捕り縄を打った。

笹岡淳之介が木戸門内から突き飛ばされ、顔から地面に倒れ込んだ。

久蔵が木戸門から出て来た。

「勇次、清吉、笹岡淳之介にも縄を打て……」

久蔵は命じた。

「はい……」

勇次と清吉は、倒れ込んでいる笹岡を引き摺り起こし、捕り縄を打った。

「和馬、柳橋の、片倉丈一郎と笹岡淳之介を大番屋に叩き込みな」

久蔵は、冷ややかな笑みを浮かべた。

雑草は微風に揺れていた。

源泉寺の家作の戸口が開いた。

弥七が菅笠を目深に被り、長脇差を包んだ縞《しま》の合羽を持って出て来た。そして、辺りを油断なく窺い、傾いた裏門に向かった。

裏門を出た弥七は、崩れ掛けた土塀沿いを表通りに進んだ。

「どうしても片倉丈一郎を殺して、貸元の源蔵の恨みを晴らそうってのかい……」

弥七は、由松の声に足を止めた。

行く手の木陰から由松が現れた。

弥七は由松を睨み、振り返った。

背後には新八がいた。

「お前さんたち……」

弥七は、由松と新八が町奉行所の手の者だと気が付いた。

「恨みを晴らして江戸から出て行くか……」

「俺は江戸十里四方払の凶状持だ。江戸は旅の途中に通り過ぎるだけの処……」

弥七は、淋しげな笑みを浮かべた。

「で、通り過ぎる駄賃に笹岡の組屋敷に押込み、片倉丈一郎を殺すか……」

由松は、弥七の狙いを読んだ。

「片倉の野郎は、博奕で作った借金が返せなく、貸元を殺して賭場を荒した外道。四年も捜し廻って漸く見付けたんだ。此以上、放っちゃあおけねえ」

弥七は、悔しさを露わにした。

「弥七、残念だが、そいつはもう叶わねえ」

着流し姿の久蔵が現れた。

弥七は、慌てて縞の合羽の間から長脇差を取り出した。

「秋山さま……」

由松と新八は、久蔵たちが既に片倉丈一郎を捕らえたのに気が付いた。

「ああ。弥七、お尋ね者の片倉丈一郎はもうお縄にしたよ……」

久蔵は告げた。

「片倉をお縄に……」

弥七は、久蔵を見詰めた。

「ああ。片倉が四年前、貸元の源蔵殺しを企んだ張本人だ。打ち首獄門は免れねえ」

「そうですか。忝《かたじけの》うございます。此で貸元の源蔵も浮かばれます」

弥七は、久蔵に深々と頭を下げて礼を述べた。

「礼には及ばねえさ」

「じゃあ、あっしは此で……」

弥七は、長脇差を腰に差し、縞の合羽を纏《まと》った。

「江戸から出て行くか……」

「はい。江戸十里四方払の凶状持でも江戸を通るのは許されています。此から千《せん》住《じゅ》の宿に行き、江戸を……」

弥七は、淋しげな笑みを浮かべた。

「おせんさんと直吉に逢わずに行っちまうのかい……」

弥七は、由松の言葉に凍て付いた。

「おせんと直吉、知っているんですかい……」

弥七は、戸惑った面持ちで由松を見詰めた。

「俺はお上の御用を承っているが、おせんさんの商売仲間で、しゃぼん玉売りの由松って者だ……」

由松は告げた。

「そうでしたかい。で、おせんと直吉、達者にしていますか……」

「そいつは自分で確かめるんだな」

由松は、弥七を見詰めた。

「ですが、あっしは此から江戸を……」

弥七は躊躇《ためら》った。

「来たばかりだろう」

久蔵は遮った。

「えっ……」

弥七は戸惑った。

「今日、江戸に来て湯島天神から入谷を通って三ノ輪に抜け、江戸を出て千住の宿に行く。そうなんだろう」

久蔵は笑い掛けた。

「秋山さま……」

弥七は、久蔵の思わぬ言葉に呆然とした。

「弥七、もう片倉丈一郎を捜し廻る旅も終わりだ。何処かに腰を落ち着けるんだな」

「は、はい……」

弥七は頷いた。

「よし。じゃあ由松、弥七を咎める役人がいたら、俺の指図だとな……」

「承知しました」

由松は頷いた。

「湯島天神から入谷、弥七さん、おせんさんと直吉も待っているよ」

「由松さん……」

「弥七さん、おせんさんと良く相談して、江戸から十里四方離れた処で直吉と親子三人の新しい暮らしを考えるんだな」

由松は笑い掛けた。

「そいつが良い。弥七、達者でな……」

久蔵は微笑んだ。

「秋山さま……」

弥七は、久蔵に感謝の眼差しを向けた。

「由松、後は任せたぜ。新八、行くぜ……」

「はい……」

久蔵は、新八と表通りに向かった。

弥七は、その場に座り込んで深々と頭を下げた。

「さあ、弥七さん、おせんさんと直吉の処に行こう……」

由松は微笑んだ。


久蔵は、新八と今戸町の通りを浅草広小路に向かった。

「新八……」

「はい……」

「弥七の女房のおせん、知っているか……」

「いいえ……」

「知らぬか……」

新八は首を横に振った。

「はい。おせんさんが何か……」

新八は、怪訝な面持ちで尋ねた。

「気立ての良い女のようだが、由松も損な役回りだぜ……」

久蔵は苦笑した。

浅草広小路には、大勢の人が行き交っていた。

それぞれの生き様を抱えて……。

二日後、おせんと直吉は、弥七と共に江戸から旅立った。

由松は、おせんと直吉のいなくなった湯島天神の参道の隅で、子供たちに囲まれてしゃぼん玉を売っていた。

「さあさあ、寄ったり見たり、吹いたり、評判の玉屋玉屋。商う品はお子さま方のお慰み、御存知知られた玉薬、鉄砲玉とは事変わり、当たって怪我のないお土産で、曲は様々大玉小玉、吹き分けはその日その日の風次第……」

由松は、売り声をあげながらしゃぼん玉を吹いた。

しゃぼん玉は、七色に輝きながら参道を行き交う参拝客の頭上を舞い飛び、弾けて消えた。

第二話

人別帳《にんべつちょう》

一

「大助《だいすけ》、食べ終えたら俺の処に来い……」

久蔵は、夕食後の茶も飲み終え、未だ食べている大助に告げて座を立った。

「はい。心得ました」

大助は、慌てて茶碗と箸を置いて頭を下げた。

久蔵は、居間から奥に立ち去った。

「兄上、何をしたの……」

妹の小春《こはる》は、再び夕食を食べ始めた大助の傍に座った。

「俺は別に何もしていない……」

大助は飯を食べ続けた。

「だったら、御父上さまがどうして呼ぶのよ」

小春は、大助が何か為出かしたと決めて掛かった。

「何か用があるんだろう……」

大助は、飯を食べ続けた。

「用……」

小春は首を捻った。

「ああ……」

「用って何よ……」

小春は、不服げに訊いた。

「知るか、そんな事……」

大助は、煩《うるさ》そうに飯を食べ続けた。

「何よ、心配してあげているのに。謝るのなら、さっさと謝った方がいいわよ」

小春は、大助に疑わしそうな眼を向けた。

「大助、いつ迄食べているんですか、早く御父上の処に行きなさい」

台所から来た香織《かおり》が、厳しい面持ちで大助に命じた。

「はい……」

大助は、慌てて残りの飯を掻《か》き込み、茶で流し込んだ。

「父上……」

障子の外に大助がやって来た。

「入れ……」

久蔵は告げた。

「はい。遅くなりました」

大助は、久蔵の座敷に入って詫びた。

「うむ……」

久蔵は頷いた。

座敷には、太市《たいち》が控えていた。

「大助、明日、俺の名代として太市と一緒に弔《とむら》いに出てくれ」

久蔵は命じた。

「は、はい。弔いですか……」

大助は、久蔵に怪訝な眼を向けた。

「うむ。昔、ちょいと世話になった隠居が病で亡くなり、明日が弔いだと夕方に報せがあってな。俺は奉行所の用があって出られぬ故、明日、代わりに弔いにな……」

「父上が昔、お世話になった御隠居さまですか……」

「そうだ。良いな」

「心得ました。して、何処の御隠居さまにございますか……」

「向島は木母寺《もくぼじ》の近くに住んでいる幸兵衛《こうべえ》と云う隠居だ」

「町方の者ですか……」

大助は、戸惑いを過ぎらせた。

「うむ。詳しい事は太市に伝えてある。何事も太市の指図に従え……」

「はい……」

「太市、さっき云ったようにな」

久蔵は、太市に笑い掛けた。

「はい。承知致しました。大助さま、お供致します」

太市は、大助に挨拶をした。

「太市さん、宜しく頼みます」

大助は、太市に頭を下げた。

「よし。後は二人で決めてくれ」

久蔵は話を終えた。


隅田川には様々な船が行き交っていた。

大助と太市は、隅田川に架かっている吾妻橋を渡って向島の土手道に進んだ。

川風が心地好く吹き抜け、桜並木の緑の葉が揺れていた。

大助と太市は、水戸藩江戸下屋敷の前を抜けて土手道を北に進んだ。

弔いのある幸兵衛と云う隠居の家は、土手道の北の先にある木母寺の近くにある。

「太市さん、亡くなった幸兵衛って御隠居と父上、どんな拘りなんですかね」

大助は首を捻った。

「さあ、昔、お世話になった方だと云うだけで、私も詳しい事は知りません」

太市は苦笑した。

「そうですか、太市さんも詳しく知らないのですか……」

「ええ。旦那さまには、喪主を務める幸兵衛さんの娘の様子と弔問客に妙な奴がいないか見定めて来いと……」

「喪主の娘の様子と妙な弔問客……」

大助は眉をひそめた。

「ええ……」

大助と太市は、土手道を北に進んだ。

三囲《みめぐり》神社、弘福寺、長命寺……。

大助と太市は、様々な寺や神社の前を通り過ぎた。


亡くなった隠居の幸兵衛の家は、木母寺の斜向《はすむか》いにあった。

僧侶の読む経が響く家に、弔問客は少なかった。

喪主の座には年増が座っていた。

亡くなった隠居の幸兵衛の娘……。

大助は読み、喪主の座にいる年増に南町奉行所吟味方与力秋山久蔵の名代だと告げ、弔いの言葉を述べた。

「秋山久蔵さまの……」

年増は、驚いたように大助を見詰めた。

「はい。お亡くなりになった御隠居にはお世話になったと、呉々も宜しくとの事にございます」

大助は、神妙な面持ちで告げた。

「そうですか、わざわざ忝うございます」

「手前は秋山家の者にございまして、此を主より預かって参りました。どうぞお納めを……」

太市は、来る途中に買った香の包みを差し出した。

「御丁寧にありがとうございます」

年増は、深々と頭を下げた。

大助と太市は、隠居の幸兵衛の亡骸に手を合わせて僅かな弔問客の背後に座った。

僅かな弔問客は、お店の隠居風の年寄りや初老の武士たちだった。

大助と太市は、喪主の座にいる年増の娘と弔問客の様子を窺った。

年増の娘と弔問客は俯《うつむ》き、僧侶の読む経を聞いていた。

妙な処はない……。

大助と太市は、弔問客の背後から弔いを見守った。

職人の隠居風の老爺《ろうや》が訪れ、喪主の年増の娘に挨拶をし、幸兵衛の遺体に手を合わせた。

隠居の柳橋の弥平次だった。

「太市さん……」

大助は囁いた。

「ええ。柳橋の御隠居さんです」

岡っ引の柳橋の弥平次は、養女お糸と一緒になった幸吉に跡目を譲り、女房のおまきと向島に隠居した。

弥平次は、大助と太市を一瞥《いちべつ》して弔いの座から出て行った。

「大助さま……」

太市は、大助を促して弥平次を追った。

木母寺の前から幸兵衛の家は見通せた。

弥平次は、大助と太市を迎えた。

「弥平次の御隠居……」

大助と太市がやって来た。

「御苦労さまですね……」

弥平次は、笑みを浮かべて労った。

「御隠居も亡くなった幸兵衛さんと知り合いだったんですか……」

大助は尋ねた。

「ええ。それに時々、散歩の時に擦れ違っていましてね」

弥平次とおまき夫婦の隠居所は長命寺の裏にあり、幸兵衛とは向島でのんびりと暮らす隠居仲間だった。

「どう云う人なんですか、亡くなった幸兵衛さん……」

「秋山さまから聞いちゃあいませんか……」

「はい……」

「そうですか。死んだ幸兵衛は、その昔、仏の幸兵衛と呼ばれていましてね。秋山さまをまんまと出し抜いた只一人の盗っ人ですよ」

弥平次は笑った。

「盗っ人……」

大助と太市は驚いた。

「尤《もっと》も秋山さまを出し抜いた一件の後、盗っ人の足を洗い、一人娘のおかよと下谷で料理屋を始めましてね。去年、料理屋を娘のおかよに譲り、此処で隠居暮らしを始めたんですよ」

「そうだったのですか……」

太市は眉をひそめた。

「へえ。父上を出し抜いた盗っ人ですか。そいつは凄いや……」

大助は、面白そうに笑った。

「大助さま……」

太市は窘《たしな》めた。

「う、うん……」

「それで御隠居、喪主の座にいた年増が……」

「うん。幸兵衛の一人娘のおかよだよ」

弥平次は告げた。

「そうですか。御隠居、旦那さまはおかよの様子と弔問客に妙な奴がいないか見定めて来いと云われたのですが……」

「うん。今の処、おかよに変わった様子は見えないし、妙な客もいないな」

弥平次は頷いた。

「そうですか……」

太市は、弥平次の睨みが自分と同じだと知り、微かな安堵を覚えた。

幸兵衛の家には、時々弔問客が出入りしていた。

土手道を来た町駕籠《かご》が止まった。

又、年寄りの弔問客か……。

大助は眺めた。

町駕籠から二十歳程の娘が降り立った。

「あっ……」

大助は、思わず声を上げた。

二十歳程の娘は町駕籠を待たせ、土手道を下りて幸兵衛の家に入って行った。

「へえ。年寄りばかりの枯れた野原に花一輪か……」

大助は、洒落《しゃれ》た事を云った。そして、己の言葉に照れ、思わず頰を染めた。

弥平次は笑った。

「御隠居、今の娘が何処の誰かは……」

太市は、弥平次に尋ねた。

「さあな……」

弥平次は、首を横に振った。

「じゃあ……」

太市は眉をひそめた。

「ああ。太市、あの娘が一番妙な弔問客かもしれないな……」

弥平次は睨んだ。

「はい……」

太市は頷いた。

二十歳程の娘は、喪主のおかよに悔やみの言葉を述べ、幸兵衛の遺体に手を合わせた。そして、弔問客の年寄りたちに挨拶をして幸兵衛の家から出て行った。

弥平次と大助は見送った。

二十歳程の娘は、幸兵衛の家から出て来て土手道にあがった。そして、待たせてあった町駕籠に乗り、土手道を吾妻橋に向かった。

太市が木陰から現れ、菅笠を目深に被って町駕籠に乗った二十歳程の娘を追った。

隠居の幸兵衛の遺体は、木母寺の好意で墓地の隅に葬られた。

僧侶の読経が朗々と響き、喪主である娘のおかよと僅かな弔問客が見守る中で幸兵衛の遺体は葬られた。

大助と弥平次は手を合わせた。

隠居の幸兵衛の弔いは終った。

僅かな弔問客は、娘のおかよに挨拶をして帰って行った。

大助と弥平次もおかよに挨拶をした。

「今日は本当にありがとうございました。此でお父っつあんも迷わず成仏した事でしょう。秋山さまには呉々も宜しくお伝え下さい」

おかよは、大助に礼を述べた。

「心得ました」

大助は頷いた。

「柳橋の親分さんもありがとうございました」

おかよは、弥平次にも頭を下げた。

「いやいや。処でおかよさん、幸兵衛さんは何の病で亡くなったのかな……」

弥平次は尋ねた。

「中之郷瓦町《なかのごうかわらちょう》の桂木玄庵《かつらぎげんあん》先生のお話では心の臓の急な発作だと……」

「心の臓の急な発作……」

弥平次は眉をひそめた。

「ええ。いつも野菜を売りに来るお百姓のおかみさんが、倒れているお父っつあんを見付けて直ぐに桂木玄庵先生を呼んでくれたのですが、手遅れだったそうです」

「そうですか……」

「ま、寝た切りになって生き存《なが》えるより、ひと思いに逝ってお父っつあんも本望ですよ」

おかよは、哀しげに笑った。

「ま、私も逝く時は、幸兵衛さんを見習いたいものだ。それでおかよさん、此からどうするんだい」

「下谷のお店は暫くお休みにして、此の家に泊まり込んでお父っつあんの遺した物の片付けをしますが、それからの事は未だ……」

「うん。何しろ急な事だ。何事も落ち着いてからだね」

「はい……」

「処で娘さんが一人で弔いに来ていたが、何処の娘さんだい……」

「私も初めて逢う方でして、何でもお父っつぁんの古い知り合いの嘉門《かもん》さんって方の孫娘で、名代で来てくれたとか……」

「じゃあ、俺と同じですね」

大助は笑った。

「ええ……」

おかよは、笑みを浮かべて頷いた。

「古い知り合いの嘉門さんねえ……」

弥平次は眉をひそめた。


二十歳程の娘を乗せた町駕籠は、隅田川に架かっている吾妻橋を渡り、浅草広小路を突っ切って下谷に進んだ。

太市は追った。

町駕籠は下谷に入り、東叡山寛永寺《とうえいざんかんえいじ》の東脇の山下で止まった。

二十歳程の娘は、町駕籠を降りて入谷に向かった。

太市は、菅笠を目深に被り直して二十歳程の娘を尾行た。
二十歳程の娘は、山下から奥州街道裏道に進み、坂本町の角を西に曲がった。
そして、寺と田畑の間の道に入った。
太市は尾行た。
寺と田畑の間の道の先は、時雨《しぐれ》の岡や石神井《しゃくじい》用水のある根岸の里だ。
根岸の里……。
太市は、二十歳程の娘の行き先を読んだ。
石神井用水の流れは煌《きら》めき、水鶏《くいな》の鳴き声が甲高く響いた。
二十歳程の娘は、時雨の岡にある御行《おぎょう》の松の下の不動尊の草堂に手を合わせた。
そして、石神井用水に架かっている小橋を渡り、縁側の広い瀟洒《しょうしゃ》な家に向かった。
瀟洒な家の垣根に囲まれた庭では、袖無しを着た老爺が花の手入れをしていた。
「只今、お祖父ちゃん……」
二十歳程の娘は、垣根の向こうの庭で花の手入れをしていた老爺に声を掛けた。
「おお、お帰り、お由衣《ゆい》。御苦労だったね」

老爺は、二十歳程の娘をお由衣と呼んで労った。

「いいえ……」

お由衣は、瀟洒な家の戸口に廻った。

老爺は、手桶の水で手を洗いながら、お由衣が来た時雨の岡を窺った。

太市は、木陰に素早く身を潜めた。

老爺は、不審な者はいないと見定めて家の中に入って行った。

鋭い眼差しだった……。

太市は、気付かれなかった事に安堵した。

只の老爺ではない……。

太市は、老爺の名と素性を調べる事にした。

水鶏の鳴き声は、根岸の里に甲高く響き渡った。


燭台の火は落ち着いた。

大助は、幸兵衛の弔いと娘のおかよの様子を久蔵に報せた。

「そうか、柳橋の隠居も弔いに来ていたか……」

久蔵は頷いた。

「はい。お陰でいろいろ助かりました」

大助は正直に告げた。

「うむ。して、おかよの様子と弔いに妙な処はなかったのだな……」

「はい。そして、弔問客は太市さんが追った二十歳程の娘以外は、皆年寄りばかりで妙な処は窺えませんでした」

「ならば、幸兵衛が死んだ病とは何だ……」

久蔵は、大助に様々な事を訊いた。

大助は、緊張しながら懸命に答えた。

「旦那さま……」

太市が廊下にやって来た。

「おう。御苦労だったな。入ってくれ」

「はい……」

久蔵は労った。

「して、幸兵衛の弔いに来た娘、何処の誰か分かったか……」

「はい。下谷は根岸の里に黒沢《くろさわ》嘉門と云う年寄りが暮らしていまして、弔いに来た娘は由衣と云う孫娘でした……」

太市は、根岸の里に出入りをしている米屋や油屋の手代に聞き込みを掛け、老爺が黒沢嘉門だと知った。

「黒沢嘉門……」

久蔵は眉をひそめた。

「はい。元は旗本か御家人だったそうですが、詳しくは未だ……」

「そうか……」

「旦那さま、黒沢嘉門、御存知ですか……」

太市は、久蔵を窺った。

「うむ。何れにしろ太市、引き続き黒沢嘉門と由衣と云う孫娘を探ってくれ」

久蔵は命じた。

「心得ました」

「じゃあ父上、私は死んだ幸兵衛の娘のおかよを見張りますか……」

大助は身を乗り出した。

「いや。大助、お前は此迄だ。部屋に戻って休むが良い」

久蔵は、厳しく命じた。

「えっ。はい。では……」

大助は一礼し、不服げな顔で出て行った。

「旦那さま……」

「太市、黒沢嘉門は無外流の達人で、死んだ仏の幸兵衛と昵懇《じっこん》の間柄って奴だ……」

久蔵は、厳しさを滲《にじ》ませた。

燭台の火は瞬いた。

二

「じゃあ何ですかい、仏の幸兵衛は殺されたかもしれないと……」

幸吉は眉をひそめた。

「ああ。中之郷瓦町の町医者桂木玄庵は、心の臓の急な発作で死んだと云ったそうだがな」

弥平次は、義理の倅の幸吉に告げた。

「もし、そうなら誰が何の為に……」

幸吉は、親分で女房お糸の養父の弥平次を見詰めた。

「幸吉、仏の幸兵衛は、盗っ人から足を洗って料理屋を始めた。そして長い間、何事もなく真っ当に暮らして来た……」

「長い間、何事もなく真っ当にですか……」

「ああ……」

「余程、運が良いのか、何か他に理由があるのか……」

盗っ人は足を洗っても、いろいろ知られている同業の者が許さない時がある。況《ま》して仏と称された幸兵衛は顔も広く、多くの盗賊たちの素性や弱味を知っている。

つまり、何もしなくても邪魔者として始末される事もあるのだ。

だが、仏の幸兵衛は、長い間何事もなく真っ当に暮らして来たのだ。

その裏には何かがある……。

幸吉は睨んだ。

「うむ。幸兵衛は自分に手出しをさせない何かを持っていたのかもしれない……」

弥平次は読んだ。

「だとしたら、その何かってのは、木母寺の隠居所ですか……」

「うん。娘のおかよが幸兵衛の遺品の片付けをしている筈だ」

「分かりました。それにしても気になるのは、太市の追った娘ですね」

「ああ。それと幸兵衛が本当に心の臓の病で死んだかどうかだ。町医者の桂木玄庵を明日にでも締め上げてみるよ」

「親分。いえ、お父っつあん、後はあっしたちがやりますので……」

幸吉は微笑んだ。

「幸吉……」

「お父っつあんの身に何かあったら、女将さんは云うに及ばず、お糸と平次《へいじ》に酷《ひど》く叱られますからね……」

幸吉は、真顔で告げた。

「お糸と平次か……」

弥平次は苦笑した。


夜の木母寺には、隅田川の流れの音が響いていた。

向い側の幸兵衛の家には、小さな明かりが灯されていた。

娘のおかよが、死んだ父親の幸兵衛の遺品の片付けをしているのかもしれない……。

幸吉は、元船頭で下っ引の勇次に水神の船着場に屋根船を着けさせた。そして、新八と清吉を呼び、二人ずつ交代で見張りに就いた。

木母寺の鐘が亥《い》の刻四つ（午後十時）を報せた。

幸兵衛の家の明かりが消えた。

おかよが片付けを止めて寝るのか……。

幸吉と新八は、明かりの消えた幸兵衛の家を窺った。

幸兵衛の家は月明かりを浴び、夜の暗がりに浮かんでいた。

勇次と清吉が、水神の船着場に繋いだ屋根船からやって来た。

「親分、交代します。屋根船で休んで下さい」

勇次は、幸吉に告げた。

「勇次……」

幸吉は、勇次を遮って土手道を示した。

勇次は、幸吉の視線を追った。

三人の男が、土手道を足早にやって来るのが見えた。

「親分……」

勇次は、緊張を浮かべた。

「ああ。ひょっとしたら、おかよに用があって来たのかもな……」

幸吉は、土手道を来る三人の男たちを見守った。

勇次、新八、清吉は、懐の中の得物《えもの》を握り締めた。

土手道を来た三人の男は、幸兵衛の家に続く小径《こみち》の前で立ち止まった。

三人の男は、揃って黒っぽい着物を着込んでいた。

盗っ人か……。

幸吉は読んだ。

三人の男は、小径に降りて幸兵衛の家に向かった。

「勇次、俺と清吉で追っ払う。新八と行き先を突き止めろ」

幸吉は命じた。

「承知……」

勇次は頷いた。

幸吉は、清吉を連れて幸兵衛の家に向かった。

「新八、聞いての通りだ」

勇次は、新八を連れて土手道に上がった。

三人の男たちは、暗い幸兵衛の家を窺っていた。

「誰だ、盗っ人か……」

幸吉の厳しい声があがった。

「盗っ人だ。盗っ人だ……」

清吉が大声で叫んだ。

「くそ。引き上げろ……」

三人の男は、土手道に向かって小径を走った。

幸吉と清吉が、暗がりから現れた。

おかよが眼を覚ましたのか、幸兵衛の家に明かりが灯された。

向島の土手道は、桜並木の影に覆われて暗かった。

三人の男は、追って来る者を気にしながら土手道を足早に戻った。

勇次と新八は、出来る限り距離を取って追った。

三人の男は追手がいないと見定め、向島を出て隅田川に続く源森川に架かっている源森橋を渡って尚も進んだ。

勇次と新八は、三人の男を慎重に追った。

三人の男は、水戸藩江戸下屋敷の前や吾妻橋の東詰を通って大川沿いの道を両国橋に向かった。

勇次と新八は追った。


本所竪川《たてかわ》は、大川と中川とを結んでいる。

三人の男は、竪川に架かっている一つ目之橋に進んだ。そして、一つ目之橋を渡って竪川の南側の道に行き、二つ目之橋に急いだ。

二つ目之橋の南詰、林町一丁目の端には大戸を閉めた小さな旅籠《はたご》があった。

三人の男は、小さな旅籠の潜り戸に入って行った。

勇次と新八は、二つ目之橋の袂《たもと》から見届けて吐息を洩らした。

「どうにか見届けましたね……」

「ああ。旅籠のようだな。ちょいと木戸番に訊いて来る。此処を頼む……」

勇次は、新八を見張りに残して木戸番屋に走った。

南町奉行所には、朝から多くの人が出入りしていた。

秋山久蔵は出仕した。

定町廻り同心の神崎和馬と幸吉が、直ぐに用部屋を訪れた。

「おう。どうした……」

久蔵は、和馬と幸吉を迎えた。

「昨夜遅く、盗っ人と思われる者共が木母寺傍の幸兵衛の家に押込もうとしたそうです」

和馬は、幸吉に聞いた事を伝えた。

「幸兵衛の家に盗っ人が……」

久蔵は眉をひそめた。

「はい。何を狙っての事なのか……」

幸吉は、小さな笑みを浮かべた。

「ああ。で、盗っ人共はどうした……」

「はい。追っ払って後を尾行た処、本所竪川二つ目之橋の南詰にある辰巳屋《たつみや》と云う小さな旅籠に入って行きました」

幸吉は、勇次たちの突き止めた事を告げた。

「して今は……」

「勇次と新八が見張り、探っています」

「そうか。柳橋の、事の次第は向島の隠居に聞いたんだな」

「はい。それで秋山さま、仏の幸兵衛の弔いに来た娘は……」

「うむ。由衣と云う名前でな。下谷は根岸の里に住んでいる黒沢嘉門と云う元御家人の孫娘だったよ」

久蔵は告げた。

「元御家人の黒沢嘉門の孫娘の由衣……」

「ああ。引き続き太市が探っている」

「じゃあ、うちからは雲海坊を行かせます」

「そうしてくれるか……」

「はい……」

幸吉は頷いた。

「して秋山さま、急な病で死んだ仏の幸兵衛とは、何者ですか……」

和馬は眉をひそめた。

「評判の悪い旗本や悪辣《あくらつ》に稼ぐ大店だけを狙って隙間風のように忍び込み、いつの間にか獲物を盗み取って行く。犯さず殺さずの昔気質《むかしかたぎ》の盗っ人でな。俺も見事に出し抜かれた事がある……」

久蔵は苦笑した。

「秋山さまが出し抜かれた……」

和馬は驚いた。

「ああ。それで、向島の隠居と何とかお縄にしようとしたのだが、黒沢嘉門に邪魔をされてな……」

「黒沢嘉門ですか……」

「無外流の達人で、まんまとやられたぜ。尤も幸兵衛は、それで盗っ人の足を洗った。盗っ人だった確かな証は何もなく、料理屋の主として生きて来た訳だ……」

「元盗っ人の仏の幸兵衛と元御家人の黒沢嘉門ですか……」

「うむ。ま、仏の幸兵衛は本当に急な病で死んだのか。もし違うとしたなら、誰が何の目的で殺《や》ったのかだ……」

久蔵は、厳しさを滲ませた。

「秋山さま。隠居が申すには、死んだ仏の幸兵衛は多くの盗っ人の素性や弱味を握り、遺しているのかもしれないと……」

幸吉は報せた。

「昨夜の三人の男は、そいつを狙ったか……」

「かもしれません……」

幸吉は頷いた。

「和馬、柳橋の。死んだ幸兵衛の娘のおかよに逢ってみるのだな……」

久蔵は命じた。


本所竪川には、荷船の船頭の唄う歌が長閑に響いていた。

勇次と新八は、二つ目之橋の南詰の袂から旅籠『辰巳屋』を見張り続けた。

旅籠『辰巳屋』には旅人や行商人、様々な者が出入りしていた。

「辰巳屋の甚八《じんぱち》、出て来ませんね」

新八は眉をひそめた。

「ああ。四十歳過ぎの痩せた野郎……」

勇次は、旅籠『辰巳屋』を見詰めた。

旅籠『辰巳屋』の主は、甚八と云う名の四十歳過ぎの痩せた狐面の男……。

勇次と新八は、木戸番から甚八の人相風体《ふうてい》を聞き、旅籠『辰巳屋』から出て来るのを待った。だが、甚八は中々出て来なかった。

勇次と新八は、辛抱強く見張りを続けた。


石神井用水の流れは煌めいていた。

太市は、時雨の岡の御行の松の陰から黒沢嘉門の家を見張っていた。

黒沢嘉門は、庭に咲いている花や植木の手入れをし、孫娘のお由衣は洗濯物を干していた。

妙な動きはない……。

太市は見守った。

聞き覚えのある経が背後から近付いて来た。

太市は振り返った。

経を読みながら来た托鉢坊主が、饅頭笠《まんじゅうがさ》をあげて顔を見せた。

雲海坊だった。

「雲海坊さん……」

太市は笑い掛けた。

「やあ。御苦労さんだね……」

雲海坊は、饅頭笠の下で笑った。

「で、あの家か……」

雲海坊は、石神井用水の流れの傍にある垣根に囲まれた瀟洒な家を眺めた。

「ええ。植木の手入れをしているのが黒沢嘉門、洗濯物を干しているのが孫娘のお由衣です……」

太市は、瀟洒な家の庭にいる黒沢嘉門とお由衣を示した。

「へえ。何とか流の剣の達人にしては、穏やかそうな年寄りだな」

「隣近所の人たちにそれとなく訊いたんですが、黒沢嘉門、いつもにこにこしている物静かな年寄りだと……」

「好々爺って処だな……」

「ええ。ですが随分前、長脇差を振り廻して喧嘩をした博奕打ちたちを竹の棒一本で叩きのめして追い払ったそうですよ」

太市は告げた。

「本性は隠しているか……」

雲海坊は苦笑した。

「きっと……」

太市は頷いた。

雲海坊と太市は、黒沢嘉門とお由衣を見張り続けた。


庭の向こうに見える隅田川の流れは、煌めいていた。

和馬は、眩しげに眺めた。

「どうぞ……」

おかよは、和馬と縁側に腰掛けた幸吉に茶を差し出した。

「こいつはどうも……」

「じゃあ親分さん、昨夜の人たちは父の遺した何かを狙って押込もうとしたんですか……」

おかよは、恐ろしそうに幸吉を見詰めた。

「ええ。で、幸兵衛さんの遺した物に何か妙な物はありませんでしたか……」

幸吉は訊いた。

「さあ、妙な物とおっしゃっても……」

おかよは、戸惑いを浮かべた。

「此と云ってありませんか……」

「はい。壺や茶碗や軸などのちょっとした骨董品があるぐらいでして……」

おかよは、座敷の隅に置かれている古く小さな桐箱や細長い桐箱を示した。

「幸兵衛、日記や覚書を遺しちゃあいなかったかな……」

幸兵衛が盗っ人の素性や弱味を握っているとしたら、何かに書き記している筈だ。

和馬は読み、おかよに尋ねた。

「日記や覚書ですか……」

「ああ……」

「そんな物はありませんでしたが……」

おかよは困惑した。

「そうか……」

「旦那、親分さん、父の幸兵衛は大昔に盗っ人の足を洗い、真っ当な料理屋の主になったのです。ですから、先代の柳橋の親分さんもお付き合いしてくれていたのです。今更、盗っ人と拘るような真似はしないと思います」

おかよは告げた。

「処でおかよ、黒沢嘉門と云う年寄りの侍を知っているかな」

「黒沢嘉門さんですか……」

おかよは眉をひそめた。

「ああ……」

「そう云えば、昨日、父の古い知り合いの嘉門さんって方の孫娘さんが来てくれていましたけど……」

「お前さんは知らないのか……」

和馬は眉をひそめた。

「はい……」

おかよは頷いた。

幸兵衛は、黒沢嘉門との拘わりの一切を娘のおかよに告げてはいないのだ。

和馬と幸吉は知った。

根岸の里、時雨の岡は陽差しに溢れていた。

太市と雲海坊は、物陰から黒沢嘉門の家を見張り続けていた。

着流しに袖無しを着た黒沢嘉門が、塗笠を被って家から孫娘のお由衣に見送られて出て来た。

「雲海坊さん……」

「うん。何処に何しに行くのかな……」

雲海坊と太市は、物陰を出て嘉門を追った。

嘉門は、擦れ違う百姓たちとにこやかに言葉を交わし、奥州街道裏道に向かった。

奥州街道裏道の金杉辺りに出て下谷に行くのかもしれない……。

雲海坊と太市は、嘉門を尾行した。

嘉門は、落ち着いた足取りで進んでいた。

老いたと雖《いえど》も無外流の剣の遣い手、下手な尾行は出来ない。

雲海坊と太市は、慎重な尾行を強いられた。


北本所中之郷瓦町の木戸番は、訪れた幸吉と清吉を町医者桂木玄庵の家に案内した。

桂木玄庵は、幸兵衛を心の臓の病で急死したと診断した。

本当に心の臓の病での急死なのか……。

幸吉は、隠居の弥平次の疑念を見極めに訪れたのだ。

町医者桂木玄庵は、幸吉や清吉と逢った。

「して、柳橋の親分が来たのは、向島の幸兵衛さんの件かな……」

玄庵は、幸吉と清吉の来た用を読んだ。

「ええ。心の臓の病で死んだのに間違いはありませんか……」

幸吉は、玄庵を見据えた。

「私がお百姓のおかみさんに連れられて駆け付けた時は、幸兵衛さんは居間に倒れていて、未だ息があった。それで、どうしたと訊いたら、心の臓が苦しいと辛《かろ》うじて云い遺して息を引き取った。まあ、心の臓の急な発作で間違いあるまい」

玄庵は告げた。

「そうですか……」

「うむ。何か疑念でもあるのかな……」

「ええ。ひょっとしたら殺されたのかもしれないと思いましてね」

幸吉は、玄庵を見据えて鎌を掛けた。

「何、殺されたかもしれない……」

玄庵は、微かに狼狽えた。

「はい……」

幸吉は、玄庵が微かに狼狽えたのを見逃さなかった。

「いや。幸兵衛さんの身体の何処にも傷はなく、家の中にも争った跡はなかった。殺されたのではなく、心の臓の急な発作だよ」

「そうですか。いや、良く分かりました……」

幸吉は笑顔で頷いた。


幸吉と清吉は、町医者桂木玄庵の家を出た。

「清吉……」

「はい……」

「此から向島の御隠居の処に行き、俺と桂木玄庵との話を詳しく報せろ。そして、倒れている幸兵衛を見付けて玄庵に報せた百姓のおかみさんを捜し、今の話の裏を取って来い」

幸吉は命じた。

「合点です。じゃあ……」

清吉は、向島の弥平次の隠居所に走った。

何かある……。

幸吉は、玄庵の言葉に頷けなかった。

三

大川に架かっている吾妻橋には、多くの人が行き交っていた。
黒沢嘉門は、吾妻橋を渡って大川沿いの道を両国橋に向かった。
雲海坊と太市は、前後に入れ替わったりしながら尾行た。
嘉門は、公儀御竹蔵と割下水の間を通って本所竪川二つ目之橋の北詰に出た。
二つ目之橋の南詰にある旅籠『辰巳屋』は、暖簾を川風に揺らしていた。
勇次と新八は、竪川の北岸に場所を移して旅籠『辰巳屋』を見張っていた。
そこからは、竪川越しに旅籠『辰巳屋』の正面が窺えた。
新八は、竪川沿いの道を来る着流しに袖無し羽織を着た老武士に気が付いた。
老武士は、二つ目之橋を渡って南詰に佇み、塗笠を上げて旅籠『辰巳屋』を眺めた。
「勇次の兄貴……」
新八は、勇次に老武士を示した。

「辰巳屋を窺っているな……」

勇次は眉をひそめた。

「ええ。何処の誰ですかね……」

新八は、二つ目之橋の南詰に佇む老武士を眺めた。

「勇次の兄貴、新八……」

背後の家並みの間から太市が現れ、勇次と新八に駆け寄って来た。

「太市……」

勇次は戸惑った。

「雲海坊さんと一緒です」

太市は、竪川の南詰の離れた処にいる雲海坊を示した。

「そうか。誰なんだ……」

勇次は、雲海坊と太市が老武士を追って来たのに気が付いた。

「黒沢嘉門と云いましてね。死んだ幸兵衛と古くから拘りのある奴です……」

太市は、勇次と新八に黒沢嘉門の事と幸兵衛の拘りを告げた。

「その黒沢嘉門が旅籠の辰巳屋に何しに来たのか……」

勇次は、二つ目之橋の南詰に佇む黒沢嘉門を眺めた。

「で、勇次の兄貴、旅籠の辰巳屋ってのは……」

「死んだ幸兵衛さんの向島の家に押込もうとした奴らがいてな……」

「じゃあ……」

「ああ。辰巳屋と主の甚八、盗っ人に拘りがある筈だ」

勇次は告げた。

「勇次の兄貴、太市さん……」

新八は、旅籠『辰巳屋』を示した。

瘦せた狐面の中年男が、二人の浪人を従えて旅籠『辰巳屋』から出て来た。

「四十過ぎの瘦せた狐面の野郎、甚八ですぜ」

新八は睨んだ。

「ああ。用心棒を連れていやがる……」

勇次は苦笑した。

甚八は、用心棒の二人の浪人を従えて二つ目之橋に向かった。

二つ目之橋の南詰に佇んでいた黒沢嘉門は、ゆっくりと橋の中央に進み出た。

甚八と二人の浪人は、戸惑いを浮かべた。

嘉門は、甚八と二人の浪人の行く手に立ち塞がった。

「な、何だ手前は……」

用心棒の浪人は凄んでみせた。

「成る程、痩せた狐面の男か……」

嘉門は、凄んだ用心棒の浪人を無視し、甚八の顔を見て笑った。

「な、何だと……」

甚八は、怒りを浮かべた。

「うん。辰巳の甚八、背丈はざっと五尺五寸、痩せていて狐面。盗賊人別帳にそう書いてあってな……」

嘉門は告げた。

「盗賊人別帳……」

甚八は眉をひそめた。

「左様。知らぬとは云わせぬぞ……」

嘉門は、甚八に笑い掛けた。

「お侍……」

甚八は、嘉門に探るような眼を向けた。

「江戸に潜んでいる盗賊の主だった者の人相風体、手口に素性、そして世を忍ぶ姿に盗っ人宿。そんな事がいろいろ詳しく書かれている盗賊人別帳。町奉行所の手に渡ったら江戸にはいられなくなる……」

「その盗賊人別帳、何処にあるのか知っているんですかい……」

甚八は、嘉門を見据えた。

「如何《いか》にも……」

「だったら教えて貰いましょうか、何処にあるのか……」

甚八は、嘲りを浮かべた。

「知ってどうする……」

嘉門は苦笑した。

「さあて……」

甚八は、二人の用心棒の浪人に目配せした。

次の瞬間、二人の用心棒の浪人が嘉門に襲い掛かった。

嘉門は跳び退き、抜き打ちの一刀を放った。

閃光《せんこう》が走り、用心棒の一人の手首が斬り飛ばされた。

斬り飛ばされた手首は宙を舞って竪川に落ち、水飛沫《みずしぶき》を煌めかせた。

手首を斬り飛ばされた用心棒は血を振り撒き、悲鳴をあげて悶絶した。

甚八と残る用心棒は、恐怖に凍て付いた。

「次は首が飛ぶ……」

嘉門は、冷たく云い放って踵《きびす》を返した。

恐るべき一刀……。

勇次、新八、太市は、悠然と立ち去って行く嘉門を呆然と見送った。

雲海坊が家並みの路地から現れ、嘉門を追った。

「黒沢嘉門を追います……」

太市は我に返り、嘉門を尾行て行く雲海坊を追った。

甚八と無事だった用心棒が、傷口から血を流して悶絶している用心棒を旅籠
『辰巳屋』に引き摺った。

「盗賊人別帳ですか……」

新八は眉をひそめた。

「ああ……」

勇次は、喉を鳴らして頷いた。

向島寺島村の田畑の緑は、隅田川から吹き抜ける風に揺れていた。

弥平次は、清吉を従えて畑の中にある百姓家に急いだ。

百姓家のおかみさんが幸兵衛の家に野菜を売りに行き、倒れているのを見付けたのだ。

弥平次と清吉は、おかみさんにその時の事を詳しく尋ねた。

「それで、中之郷瓦町の桂木玄庵先生を呼びに行った……」

弥平次は訊いた。

「そう思ったんですがね、土手道に上がったら玄庵先生が運良くいたんですよ」

おかみさんは、自分の言葉に頷いた。

「運良くいた……」

弥平次は眉をひそめた。

「ええ。白鬚《しらひげ》神社の前に。それで玄庵先生と幸兵衛さんの家に戻ったんです」

「で、玄庵先生、幸兵衛さんの診察をしたんだね」

清吉は尋ねた。

「ええ。そうですよ」

おかみさんは頷いた。

「おかみさん、お前さんが玄庵先生と倒れている幸兵衛さんの家に戻った時、幸兵衛さん、未だ息があったのかな……」

弥平次は、おかみさんを見詰めた。

「それが、私は離れていたから良く分からないんだけど、玄庵先生が声を掛け、幸兵衛さんの口元に耳を宛《あて》がっていましたから、きっと生きていたんでしょうねえ」

おかみさんは首を捻った。

「御隠居……」

「うむ……」

弥平次は、微かな疑念を覚えていた。

何故、町医者桂木玄庵は幸兵衛の家の近くの白鬚神社の傍にいたのだ。

おかみさんは、幸兵衛が生きていたかどうか良く分からなかった。

弥平次の疑念は募《つの》った。

黒沢嘉門は、来た道を戻って根岸の里に入った。

石神井用水に架かっている小橋を渡り、煌めくせせらぎ沿いの小径を家に向かう嘉門の姿は根岸の里に良く似合っていた。

雲海坊と太市は、時雨の岡の不動尊の草堂の陰から見守った。

抜き打ちの一刀で相手の手首を斬り飛ばした手練《てだ》れとは思えない穏やかな老武士……。

太市にはそう見えた。

嘉門は、何事もなかったかのように己の家に入って行った。

「盗賊人別帳か……」

雲海坊は眉をひそめた。

「ええ……」

「よし。太市、盗賊人別帳の事を秋山さまにお報せしな」

「幸吉の親分には……」

「勇次が報せているさ」

雲海坊は笑った。

「盗賊人別帳だと……」

幸吉と和馬は眉をひそめた。

「はい。江戸に潜む主だった盗賊の人相風体、手口に素性、世を忍ぶ姿に盗っ人宿などが書き記された盗賊人別帳だそうです」

勇次は報せた。

「じゃあ昨夜、幸兵衛の家に押込もうとしたのは、そいつを狙ってか……」

幸吉は読んだ。

「おそらくそうだな……」

和馬は頷いた。

「ですが、おかよさんによれば、幸兵衛の家にそんな物はなかったと……」

「うん。ひょっとしたら盗賊人別帳、黒沢嘉門が持っているのかもしれないな」

和馬は読んだ。

「ええ。何れにしろ辰巳屋甚八、盗賊人別帳があるのを知り、町奉行所に渡ると己の身が危ないと考え、幸兵衛を……」

「殺したかもしれないか……」

和馬は、厳しさを滲ませた。

「ええ……」

幸吉は頷いた。

「盗賊人別帳か……」

久蔵は眉をひそめた。

「はい……」

太市は頷いた。

「そいつは面白いな……」

久蔵は笑った。

「えっ……」

太市は戸惑った。

「流石《さすが》は仏の幸兵衛と黒沢嘉門だ。盗賊人別帳なる物を作り、江戸に潜んでいる盗賊共の抑えにして、足を洗った自分たちに手出しが出来ないようにして来たか……」

久蔵は読んだ。

「じゃあ、江戸に潜む盗賊は、盗賊人別帳を恐れて……」

太市は眉をひそめた。

「ああ。何処かの馬鹿な盗賊が下手な真似をしたのだろう」

久蔵は、幸兵衛の死の裏に隠されているものを睨んだ。

「処で太市。黒沢嘉門、本所竪川の旅籠辰巳屋の主甚八の用心棒の手首を斬り飛ばしたのだな……」

「はい。抜き打ちの一太刀で……」

太市は、黒沢嘉門の鮮やかさと凄まじさに声を震わせた。

「黒沢嘉門、老いても衰えはないか……」

久蔵は苦笑した。


北本所中之郷瓦町の町医者桂木玄庵の家の戸が開いた。

弥平次と清吉は、物陰に潜んで見守った。

桂木玄庵が薬籠《やくろう》を持って現れ、戸口に〝往診中〟の木札を掛けて出掛けた。

弥平次と清吉が物陰から現れた。

「往診ですかね……」

清吉は眉をひそめた。

「さあて、どうかな……」

弥平次は、笑みを浮かべて桂木玄庵を追った。

清吉は続いた。


町医者桂木玄庵は、大川沿いの道を足早に進み、御竹蔵と割下水の間の道を本所竪川に向かった。

弥平次と清吉は追った。

「あの足取り、往診じゃあないな……」

弥平次は睨んだ。

「そうですか……」

清吉は、緊張した面持ちで弥平次に続いた。


本所竪川二つ目之橋の旅籠『辰巳屋』には、浪人や得体の知れぬ男たちが集まって来ていた。

勇次と新八は、甚八が息の掛かった者を呼び集めているのに気が付いた。

何かを企んでいる……。

勇次と新八は、見張り続けていた。

薬籠を提げた町医者が現れ、竪川に架かっている二つ目之橋を渡り、旅籠『辰巳屋』に進んだ。

町医者……。

勇次と新八は見守った。

町医者は、旅籠『辰巳屋』に入って行った。

甚八に呼ばれたのか……。

勇次は、戸惑いを覚えた。

「勇次、新八……」

弥平次と清吉がやって来た。

「こりゃあ御隠居……」

勇次は、戸惑いを浮かべて迎えた。

「御苦労だな……」

弥平次は、勇次と新八に笑い掛けた。

「いえ。まさか、今の町医者を……」

「ああ。仏の幸兵衛が心の臓の急な発作で死んだと見極めた桂木玄庵だ」

弥平次は告げた。

「ああ。で、あの旅籠は……」

「昨夜、死んだ幸兵衛さんの家に押込もうとした奴らが入った辰巳屋って旅籠でして、旦那は甚八って奴です」

新八は報せた。

「甚八か……」

「はい。で、先程、黒沢嘉門って年寄りの侍が来ましてね」

勇次は告げた。

「黒沢嘉門……」

弥平次は、緊張を過ぎらせた。

「御存知ですか……」

「ああ。死んだ幸兵衛の昔の相棒だ。で……」

弥平次は、話の先を促した。

「出掛けようとした甚八を脅し、襲い掛かった用心棒の浪人の手首を鮮やかに斬り飛ばしましてね。驚きましたよ」

勇次は、微かに言葉を弾ませた。

「桂木玄庵……」

「そりゃあそうだ。黒沢嘉門は無外流の達人だ。その辺の食詰め浪人が束になって掛かった処で酷い目に遭うだけだ」

弥平次は苦笑した。

「そうなんですか……」

勇次と新八は、恐ろしそうに首を竦《すく》めた。

「で、黒沢嘉門は、どう甚八を脅したんだ」

「そいつが、江戸に潜んでいる盗賊の事が書いてある盗賊人別帳が何処にあるか知っているとか……」

「盗賊人別帳……」

弥平次は眉をひそめた。

「はい。それで甚八の奴、浪人や得体の知れぬ野郎共を集めていますよ」

勇次は、旅籠『辰巳屋』を示した。

「うん。そして、町医者の玄庵がやって来た。どうやら幸兵衛、心の臓の発作で死んだんじゃあないようだ……」

弥平次は冷笑を浮かべた。

「御隠居、じゃあ幸兵衛さんは……」

勇次は眉をひそめた。

「ああ。清吉、幸吉の親分と和馬の旦那を呼んで来な……」

弥平次は命じた。


夕暮れ時。

根岸の里、時雨の岡は夕陽に照らされた。

雲海坊は、不動尊の草堂の陰から黒沢嘉門の家を見張り続けた。

黒沢嘉門は、庭に出て花や植木の手入れをし、水を撒いていた。

長閑な光景だ……。

雲海坊は、植木や花に水を撒く嘉門を眺めた。

孫娘のお由衣が縁側に現れ、祖父の嘉門に声を掛けた。

嘉門は、振り返って返事をし、手桶の水で手を洗って縁側に上がって行った。

雲海坊は見守った。

「黒沢嘉門か……」

久蔵の声が、御行の松の陰から聞こえた。

雲海坊は振り返った。

塗笠を被った久蔵が、着流し姿で御行の松の傍に佇んでいた。

「秋山さま……」

「良い年寄りになったな、黒沢嘉門……」

久蔵は微笑んだ。

「はい。用心棒の手首を情け容赦なく斬り飛ばしたとは思えない穏やかさですよ」

雲海坊は告げた。

「穏やかさか……」

「はい。恐ろしさや凄まじさを感じさせない穏やかさです……」

「雲海坊、人ってのは、穏やかさの中に凄まじさを秘めている……」

久蔵は微笑んだ。

本所竪川の流れに月影は揺れた。

町医者の桂木玄庵が、旅籠『辰巳屋』から出て来た。

玄庵は、不安げな面持ちで旅籠『辰巳屋』を振り返り、竪川に架かっている二つ目之橋を渡った。

物陰から幸吉が現れ、玄庵を追った。
勇次、新八、清吉が物陰から見送った。

本所御竹蔵と割下水の間の道は暗く、人通りは途絶えていた。
玄庵は、割下水と御竹蔵の間の道を進もうとした。
行く手に二人の男が現れた。
玄庵は戸惑い、警戒して足を止めた。
二人の男は、和馬と弥平次だった。
玄庵は、弥平次と巻羽織の和馬に気が付いて狼狽え、背後を窺った。
幸吉がいた。
玄庵は立ち竦んだ。
「やあ。玄庵先生……」
弥平次は笑い掛けた。
玄庵は、恐怖に衝き上げられた。
「玄庵、いろいろ聞かせて貰おうか……」
和馬は、玄庵を厳しく見据えた。

四

本所石原町の自身番の板の間は狭く、板壁には咎人を繋ぐ鉄環がある。

和馬、弥平次、幸吉は、町医者桂木玄庵を連れ込んだ。

玄庵は、恐怖に激しく震えた。

「玄庵、何をそんなに震えているんだ……」

和馬は苦笑した。

「いえ、別に……」

玄庵は、懸命に震えを止めようとした。だが、震えは止まらなかった。

「玄庵、お前さん、向島の隠居の幸兵衛を殺したね……」

幸吉は、いきなり核心を衝いた。

「し、知らぬ。儂《わし》は何も知らぬ……」

玄庵は激しく狼狽え、嗄《しゃが》れ声を震わせて必死に叫んだ。

「煩せえ。静かにしな……」

弥平次は、必死に叫ぶ玄庵の頬を張り飛ばした。

玄庵は、息を飲んで眼《みは》を瞠った。

「玄庵、お前、あの日、隠居の幸兵衛を殺した。その時、百姓のおかみさんが土手道から下りて来るのに気が付き、取り敢えず裏から逃げた。そして、おかみさんが倒れている幸兵衛に驚き、慌てて報せに走り、様子を窺っていたお前と白鬚神社の前で逢い、事の次第を告げた。お前はおかみさんと引き返し、幸兵衛が生きていて、たった今、息を引き取ったように見せ掛け、自分は何の拘わり合いもないと思わせた。玄庵、小細工が過ぎたな」

弥平次は笑い掛けた。

玄庵は項《うな》垂《だ》れた。

「それで、玄庵。お前が何故、幸兵衛を殺したかだ……」

幸吉は、玄庵を厳しく見据えた。

「そ、それは……」

玄庵は、迷い躊躇った。

「辰巳屋の甚八に命じられての事だな」

幸吉は決め付けた。

玄庵は、恐怖に衝き上げられた。

「そうなんだな、玄庵……」

和馬は念を押した。

「お、脅されたんです。私は甚八に脅されたんです」

「脅された……」

「はい。幸兵衛さんを殺さなければ、往診で訪れた大店の見取図を作り、盗賊に高値で売っているのを町奉行所に垂れ込むと。だから、だから私は……」

玄庵の声に涙が滲んだ。

「幸兵衛さんを殺したかい……」

「はい……」

玄庵は、額を床に着けて啜り泣いた。

「和馬の旦那……」

幸吉は頷いた。

「ああ。柳橋の、桂木玄庵を幸兵衛殺しで大番屋に引き立てな」

「はい……」

幸吉は頷き、啜り泣く玄庵に縄を打って板の間から引き立てた。

「御隠居、流石だな……」

和馬は感心した。

「いいえ。此で隠居仲間の幸兵衛さんの無念、少しは晴れたでしょう」

弥平次は、淋しげに笑った。


竪川を行く屋根船は、三味線の爪弾《つまび》きを洩らしていた。

勇次、新八、清吉は、竪川越しに旅籠『辰巳屋』を見張っていた。

旅籠『辰巳屋』は、訪れる者も途絶えて大戸を降ろした。

「どうだい……」

久蔵がやって来た。

「これは秋山さま……」

勇次、新八、清吉は、緊張した面持ちで久蔵を迎えた。

「あそこが旅籠の辰巳屋か……」

久蔵は、竪川越しに眺めた。

「はい。主の甚八、浪人や得体の知れぬ奴らを集めていましてね。ひょっとすると黒沢嘉門って年寄りのお侍を襲う気なのかもしれません……」

勇次は告げた。

「黒沢嘉門を……」

久蔵は眉をひそめた。

「はい……」

「そいつは危ないな……」

久蔵は、不安を滲ませた。

「はい。向島の御隠居は、甚八たちが束になっても敵わないと仰《おつしや》いましたが、得体の知れぬ奴らは十人以上いますから……」

勇次は、黒沢嘉門を心配した。

「勇次、俺が心配しているのは、甚八と得体の知れぬ奴らの方だ」

久蔵は苦笑した。

「えっ。黒沢嘉門、それ程の……」

勇次、新八、清吉は、恐ろしそうに顔を見合わせた。

「ああ……」

久蔵は頷いた。

「勇次……」

和馬と幸吉がやって来た。

「やあ、和馬、柳橋の……」

久蔵は振り返った。

「秋山さま、お見えでしたか……」

「ああ。何かあったのか……」

「はい。町医者の桂木玄庵が甚八に命じられて幸兵衛を殺したと白状しました」

和馬は、玄庵が白状した事を告げた。

「そうかい。おそらく甚八たちは、明日から黒沢嘉門を捜してその命を奪い、盗賊人別帳なる物を手に入れようって魂胆だ。先手を打って寝込みを襲い、甚八を捕らえるか……」

久蔵は、冷笑を浮かべた。

「はい……」

和馬は頷いた。

「よし。和馬、捕り方たちを手配しろ」

久蔵は命じた。

東の空が明るくなった。

和馬と幸吉は、旅籠『辰巳屋』の前に佇んで周囲の様子を窺った。
夜の闇は消え、周囲は薄明るくなった。
もう、夜の闇に紛れて逃げられる恐れはない……。
和馬は見定め、背後に合図をした。
幾つもの高張提灯が掲げられ、捕り方たちが現れて旅籠『辰巳屋』を取り囲んだ。
和馬は長さ二尺程の捕物出役用の長十手を、幸吉は十手を握り締めた。
旅籠『辰巳屋』の裏には、久蔵が勇次、新八、清吉を従えて現れた。
「勇次……」
久蔵は促した。
勇次は返事をし、新八と共に勝手口の板戸を蹴破った。
大きな音が鳴り、板戸が壊れて外れた。
久蔵は、三尺程の長さの鉄鞭《かなむち》を手にして踏み込んだ。
勇次、新八、清吉は、各々の得物を手にして続いた。

「どうした……」

「何だ……」

旅籠『辰巳屋』は騒《ざわ》めき、怒声が飛び交った。

甚八と得体の知れぬ男たちは、眼を覚まして激しく狼狽えた。そして、長脇差や匕首を手にし、慌てて部屋から廊下に飛び出した。

狭い廊下に得体の知れぬ男たちが溢れた。

裏手から踏み込んで来た久蔵が、鉄鞭を縦横に唸らせた。

得体の知れぬ男たちは、鉄鞭の鋭い一撃を受けて血を飛ばして倒れた。

「な、何だ手前……」

座敷から現れた甚八は、満面に怒りを浮かべて怒鳴った。

「南町奉行所の秋山久蔵だ。盗賊辰巳屋甚八、神妙にお縄を受けるんだな」

久蔵は笑い掛けた。

「か、剃刀《かみそり》久蔵……」

甚八は驚き、喉を引き攣《つ》らせた。

「おのれ……」

浪人の一人が、久蔵に斬り掛かった。

「邪魔するな……」

久蔵は、鉄鞭を一閃した。

浪人は、頬から血を飛ばして倒れた。

勇次、新八、清吉たちは、得体の知れぬ男たちに得物を唸らせて襲い掛かった。

甚八と得体の知れぬ男たちは押され、店土間に後退した。

旅籠『辰巳屋』は家鳴りし、激しく揺れた。

久蔵は、鉄鞭で得体の知れぬ男たちを鋭く打ちのめして進んだ。

旅籠『辰巳屋』の表や二階から逃げ出した男たちは、待ち構えていた捕り方に取り囲まれて次々に捕らえられた。

和馬と幸吉は、逃げ出して来る男たちを捕らえながら、甚八が現れるのを待ち構えていた。

久蔵、勇次、新八、清吉は、旅籠『辰巳屋』にいた者たちを次々に表に追い出した。

甚八は、醜く顔を歪《ゆが》めて後退した。

「甚八、お前も盗賊一味の頭なら、往生際は良くするんだな」

久蔵は苦笑した。

「う、煩せえ……」

甚八は、傍にいた男を久蔵に突き飛ばして店に走った。

久蔵は、突き飛ばされてきた男を蹴り飛ばした。

男は障子を突き破り、壁に激突して倒れた。

壁が崩れ落ちた。

久蔵は甚八に迫った。

甚八は、店土間に降りて表に逃げた。


甚八は、旅籠『辰巳屋』から逃げ出した。

次の瞬間、捕り方たちが十重《とえ》二十重《はたえ》に取り囲んだ。

甚八は怯んだ。

「辰巳屋甚八、町医者の桂木玄庵が何もかも吐いたぜ。幸兵衛殺しを命じた罪でお縄にする……」

和馬は、甚八を厳しく見据えて告げた。

「ち、畜生……」

甚八は、長脇差で和馬に斬り付けた。

和馬は、長十手を唸らせ、甚八の長脇差を叩き落とした。

甚八は怯んだ。

幸吉が素早く甚八の腕を取り、鋭い投げを打った。

甚八は、地面に叩き付けられて土埃を舞い上げた。

捕り方たちが倒れた甚八に殺到し、情け容赦なく殴り蹴って刺股《さすまた》や寄棒《よりぼう》で押さえ付けた。

甚八は悲鳴を上げた。

久蔵が勇次、新八、清吉と旅籠『辰巳屋』から出て来た。

「秋山さま。辰巳屋甚八、捕縛しました」

和馬は迎えた。

「うむ。みんな、御苦労だったな……」

久蔵は労った。

夜が明け、朝陽が差し込み始めた。

昼下りの根岸の里には、水鶏の鳴き声が響き渡っていた。

雲海坊は時雨の岡にあがり、御行の松の陰から黒沢嘉門の家を見張っていた。

石神井用水のせせらぎは煌めき、黒沢嘉門の家の庭には洗濯物が微風に揺れていた。

「変わりはないか……」

久蔵が雲海坊の背後に現れ、塗笠を上げて黒沢の家を眺めた。

「はい。黒沢嘉門、縁側で凧《たこ》作りの仕事に励み、庭の手入れをして変わった様子はありません」

「そうか……」

「夜明けに盗賊の辰巳の甚八共をお縄にしたそうですね」

雲海坊は、幸吉から報せを貰っていた。

「ああ……」

久蔵は頷いた。

黒沢嘉門が家から出て来た。

「秋山さま……」

雲海坊は気が付いた。

「うん……」

久蔵は頷き、嘉門を見詰めた。

軽衫袴《かるさんばかま》に袖無し羽織の嘉門は、塗笠を目深に被った。そして、孫娘のお由衣に見送られて時雨の岡に向かった。

「雲海坊、俺は先に行く、黒沢を追って来てくれ」

「承知……」

雲海坊は頷き、不動尊の草堂に手を合わせて経を読み始めた。

嘉門は、石神井用水に架かる小橋を渡って時雨の岡に上がって来た。そして、不動尊の草堂で経を読む雲海坊を一瞥して田畑の間に続く田舎道に進んで行った。

雲海坊は、経を終えて嘉門に続いた。

田畑の緑は揺れていた。

嘉門は、田舎道を下谷金杉町に向かった。

何処に行くのだ……。

雲海坊は、慎重に尾行た。

嘉門は立ち止まった。そして、塗笠を僅かに上げ、行く手に佇んでいる塗笠を被った久蔵を見詰めた。

「さあて、儂に何か用かな……」

嘉門は、行く手に佇む久蔵を見据えた。

「ああ……」

久蔵は、塗笠を取った。

「秋山久蔵さんか……」

嘉門は微笑んだ。

「久し振りだな。黒沢さん……」

久蔵は頷いた。

「噂はいつも聞いているよ……」

嘉門は小さく笑った。

「噂なら俺も聞いたよ。辰巳屋甚八の用心棒の浪人の手首をあっさり斬り飛ばしたそうだな……」

久蔵は笑い掛けた。

「無礼な真似をした報いだ……」

「ふん。無礼な真似か。して、此から仏の幸兵衛の恨み晴らしに行くか……」

「秋山さん、幸兵衛は辰巳屋甚八に殺されたのだ……」

「ああ……」

久蔵は頷いた。

「知っているのか……」

嘉門は眉をひそめた。

「辰巳屋甚八、町医者の桂木玄庵を脅し、幸兵衛を殺させた。夜明けにお縄にしたぜ」

久蔵は告げた。

「お縄に……」

嘉門は、厳しい面持ちで久蔵を見据えた。

「ああ。それ故、此から幸兵衛の恨みを晴らしに行った処で甚八は大番屋だ」

久蔵は苦笑した。

「そうか……」

嘉門は頷いた。

雲海坊は、物陰から見守った。

「して黒沢さん、仏の幸兵衛の遺した盗賊人別帳ってのは、何処にある……」

久蔵は尋ねた。

「盗賊人別帳か……」

「ああ。仏の幸兵衛、足を洗った後、かつての同業者が知り過ぎた自分の命を狙うのを恐れ、江戸に潜む盗賊の事を細かく書き記した物だそうだな……」

「秋山さん、盗賊人別帳、本当にあると思っているのかな……」

「何……」

「盗賊人別帳、あると思わせれば、幸兵衛を恐れる盗賊も下手に手出しは出来ぬからな」

「ならば、盗賊人別帳なる物はないのか……」

「さあて、あるのかないのか……」

嘉門は苦笑した。

「黒沢嘉門、惚けるのなら、大番屋でゆっくり惚けて貰うぜ……」

「大番屋の詮議場、昔ならいざ知らず、この歳になっては願い下げだな」

嘉門は、久蔵に笑い掛けながら抜き打ちの一刀を放った。

閃光が走った。

久蔵は、咄嗟に跳び退いた。

嘉門は鋭く踏み込み、久蔵に上段からの二の太刀を放った。
久蔵は僅かに身を沈め、刀を抜き態《ざま》に斬り上げた。
閃光が交錯した。
久蔵と嘉門は凍て付いた。
雲海坊は眼を瞠った。
僅かな刻が過ぎた。
嘉門の袖無しと着物の腹が斬られ、冊子が零《こぼ》れ落ちた。
嘉門は、小さく狼狽えた。
久蔵は、咄嗟に斬り付けた。
嘉門は、跳び退いて久蔵の刀を躱した。
久蔵は、素早く冊子を拾い上げた。
「此奴が盗賊人別帳か……」
久蔵は、冊子を一瞥した。
「いや。そいつは幸兵衛が便り屋を使って私に届けさせた手紙だ」
「手紙……」
久蔵は眉をひそめた。

「左様。その何通かの手紙を冊子に綴《と》じた物だ……」

「成る程、その手紙の一通一通に江戸に潜む盗賊の主だった者の人相風体、手口に素性などが書かれているのか……」

久蔵は睨んだ。

「さあて、そいつはどうかな。ま、読んでみるといいだろう」

嘉門は、刀を鞘《さや》に納めて踵を返した。

久蔵は、立ち去って行く嘉門を見送った。

雲海坊が現れ、嘉門を追い掛けようとした。

「雲海坊……」

久蔵は呼び止めた。

「秋山さま……」

「もう良い……」

久蔵は、黒沢嘉門の見張りを止めるように命じた。

「はい……」

雲海坊は頷いた。

久蔵は、幸兵衛の手紙を綴じた冊子を懐に入れた。

幸兵衛の手紙を綴じた冊子には、黒沢嘉門への気遣いと己の近況、そして江戸に潜む盗賊の噂話が書かれていた。

噂されていた盗賊の人相風体、手口や素性は所々に書かれていたが、盗賊人別帳と云える程のものではなかった。だが、江戸に潜む盗賊たちはそれを知らずに恐れた。幸兵衛は、それを利用して己の身を護った。そして、盗賊の辰巳屋甚八は、噂の盗賊人別帳を恐れて幸兵衛を殺して手に入れようとしたのだ。

盗賊辰巳屋甚八に関しては、本所で旅籠を営む狐面の四十男としか書かれていなかった。

所詮、盗賊人別帳は盗賊の怯えが作り上げたものに過ぎなかったのだ。

幽霊の正体見たり、何とやらだ……。

久蔵は苦笑した。

南町奉行所の中庭には、木洩れ日が煌めいていた。

第三話

色事師

一

昼下り。

日本橋には多くの人が行き交い、高札場は高札を読む人や待ち合わせをする人々で賑わっていた。

秋山大助は、書籍を包んだ風呂敷を手にして日本橋を渡って来た。

百合江《ゆりえ》さんか……。

大助は、高札場に南町奉行所定町廻り同心神崎和馬の妻、百合江らしき武家の妻女が佇んでいるのに気が付いた。

百合江らしき女は、人待ち顔で往来を行き交う人々を眺めていた。

百合江さんか、それとも良く似た他人なのか……。

大助は、まじまじと百合江らしき女を見詰めた。

百合江らしき女は、大助の視線に気が付いたのか、何気なく視線を向けた。だが、日本橋に佇む大助に眼を止めはしなかった。

やはり、百合江さんではなく、良く似た他人なのか……。

だが、その顔と佇まいは、どう見ても百合江なのだ。

大助は困惑した。

百合江らしき女は、人待ち顔で佇み続けた。

誰かを待っている……。

大助は睨んだ。

お店の旦那風の優男が、大助の背後からやって来て高札場にいる百合江らしき女に近付いた。

百合江らしき女は、旦那風の優男に気が付いて小さな笑みを浮かべた。

えっ……。

大助は狼狽えた。

百合江らしき女と旦那風の優男は、短く言葉を交わして外濠、呉服橋御門前に向かった。

どうする……。

大助は、尾行るかどうか迷った。

だが、何故だ。何故、尾行なければならないのだ……。

大助は、自分が百合江らしき女と旦那風の優男を尾行ようと思った事に戸惑い、微かな罪悪感を覚えた。

百合江らしき女は、旦那風の優男と往来を行き交う人々の間を遠ざかって行った。

誰なのだ……。

旦那風の優男は何者なのだ……。

大助は、百合江らしき女と旦那風の優男が気になった。

日本橋の往来は賑わった。

八丁堀岡崎町の秋山屋敷は表門を開け、太市が掃除をしていた。

大助が帰って来た。

「お帰りなさい」

太市は、掃除の手を止めて迎えた。

「只今、戻りました」

大助は、屈託のある面持ちで太市に挨拶を返した。

「おや、何かあったんですか……」

太市は尋ねた。

「あれ、分かりますか、太市さん……」

大助は、戸惑いを浮かべた。

「そりゃあ、もう……」

太市は苦笑した。


「どうぞ……」

太市は、表門脇の腰掛に座った大助に土瓶《どびん》の水を湯呑茶碗に注いで差し出した。

「戴きます」

大助は、喉を鳴らして水を飲んだ。

「で、何があったんですか……」

太市は尋ねた。

「そいつが太市さん、日本橋の高札場に武家の御新造がいましてね」

大助は声を潜めた。

「そいつが何か……」

武家の御新造が、日本橋の高札場にいても不都合な事はない。

太市は戸惑った。

「その御新造、百合江さんらしいんです」

大助は囁いた。

「百合江さまらしい……」

太市は眉をひそめた。

「ええ。顔がそっくりで……」

「で、その百合江さまらしいお武家の御新造はどうしたんですか……」

「お店の旦那風の優男と待ち合わせをして呉服橋御門の方に行ったんです」

大助は告げた。

「旦那風の優男と待ち合わせ……」

「ええ……」

大助は、屈託顔で頷いた。

「大助さま、その武家の御新造さん、本当に百合江さまなのですか……」

太市は、大助に疑わしそうな眼を向けた。

「そいつが分からないのです。顔は良く似ていて百合江さんらしいのですが……」

大助は首を捻った。

「そうですか……」

「どうしよう、太市さん……」

「何がです……」

「此の事、父上や和馬さんに報せた方がいいかな……」

「そいつは未だでしょう……」

「未だ……」

「ええ。武家の御新造は、百合江さまに顔が良く似ているだけの別人なのかもしれません。そいつをしっかりと確かめてからです」

「そうか……」

「顔の良く似た別人ならいいですが、もし百合江さまでしたら何か深い訳があるのかもしれない。早まった真似はなりませんよ」

太市は、大助に云い聞かせた。

「うん。良く分かった……」

「じゃあ、早く奥さまにお帰りの御挨拶を……」

「うん……」

大助は、書籍を包んだ風呂敷を小脇に抱えて屋敷に走った。

百合江さまらしい武家の御新造……。

太市は、その顔に厳しさを滲ませた。

神崎和馬の組屋敷は、八丁堀北島町の地蔵橋の近くにあった。

太市は、閉じられた木戸門内の神崎屋敷をそれとなく窺った。

神崎屋敷は、静けさに包まれていた。

太市は、裏手に廻った。

裏手の勝手口や庭には、物音一つする事もなく人のいる気配も窺えなかった。

百合江さまは出掛けている……。

太市は睨み、何故か微かな不安を覚えた。

神田川は月明かりに輝いていた。

屋根船は、三味線の爪弾きを洩らしながら神田川を下っていた。そして、和泉橋の下に差し掛かった。

和泉橋の橋脚には、男物の羽織が引っ掛かっていた。

屋根船の船頭は、橋脚に引っ掛かっていた男物の羽織を竿《さお》の先で突いた。

男物の羽織は沈み、男の死に顔が水の中から浮かんだ。

船頭は、思わず悲鳴を上げた。

屋根船の障子が開き、白髪頭の年寄りと芸者が顔を出した。

屋根船は揺れた。


岡っ引の柳橋の幸吉は、下っ引の勇次を従えて神田川に架かる和泉橋に急いだ。

男の死体は既に引き上げられ、和泉橋の北側の佐久間町の自身番に運ばれていた。

幸吉と勇次は、羽織を着たお店の旦那風の男の死体を検《あらた》めた。

男の死体は浮腫《むく》み、土左衛門の様相を示していた。

「随分、水に浸かっていたようだな……」

幸吉は読んだ。

「ええ。土左衛門に間違いありませんね」

勇次は頷いた。

「勇次、着物を脱がしてみな……」

幸吉は、勇次を促した。

「はい……」

勇次は、死体の男の着物を脱がした。

死体の男の背中には、川の水に洗われた刃物で刺された傷痕があった。

「刃物で刺された痕ですね」

「うむ。背中を刺されて神田川に突き落とされたか、弾みで落ちたか……」

幸吉は読んだ。

「そして、溺《おぼ》れ死んだ。何れにしろ殺しですか……」

「おそらくな。それで、身許の分かる物は何かないか……」

「ええ。手拭に財布。財布の中身は一両と二朱……」

「物盗りじゃあなさそうだな」

幸吉は読んだ。

「ええ。他に身許の分かる物はありませんね」

勇次は眉をひそめた。

「よし。だったら仏の似顔絵を作るか……」

「はい。此から絵師の諸川春斎《もろかわしゅんさい》さんに来て貰います」

「うん。何れにしろ落ちた場所や見た者を探すのは、明るくなってからだ……」

幸吉は決めた。


絵師諸川春斎の描いた仏の似顔絵は、土左衛門特有の浮腫んだ分を差し引いて優男に描かれていた。

幸吉は、勇次、新八、清吉に似顔絵を持たせて旦那風の男が神田川に落ちた場所を探させた。そして、雲海坊と由松には、似顔絵を手にして仏の身許を追うように命じた。


「此奴が土左衛門か……」

久蔵は、仏の似顔絵を眺めた。

「はい。浮腫んだ分を差し引いて描いて貰ったら、随分と優男になったそうです」

和馬は告げた。

「そうか。さあて、仏は何処の誰で、何故に殺されたのか……」

「今、柳橋たちが殺された場所と仏の身許を突き止めようとしています」

「よし……」

「じゃあ、私も柳橋たちと。御免……」

和馬は、久蔵の用部屋から出て行った。

「土左衛門か……」

久蔵は、仏の似顔絵を手に取って眺めた。

「お店の旦那風の優男だな……」

久蔵は苦笑した。

昌平橋《しょうへいばし》の欄干《らんかん》には血が僅かに附いていた。

幸吉は、新八の示した欄干に附いた僅かな血を指先で擦《こす》った。

血は指先に僅かに附いた。

未だ新しい……。

「うん。仏さん、どうやら此処で背中を刺されて神田川に落ちたようだな……」

幸吉は睨んだ。

「きっと……」

勇次、新八、清吉は頷いた。

「よし。勇次、新八、清吉、昨日の夕暮れ時から見付けられる間、昌平橋を通った者を捜し、仏さんを見掛けなかったか聞いてみるんだ」

「承知……」

勇次、新八、清吉は、昌平橋の南側に広がる神田八ツ小路と北側に続いている明神下の通りに散った。


不忍池《しのばずのいけ》では水鳥が遊んでいた。

雲海坊と由松は、畔《ほとり》の茶店で仏の似顔絵を見ながら茶を啜っていた。

「春斎先生、浮腫んだ分を割引いたとしても、随分と優男の二枚目に描いたもんだな」

雲海坊は苦笑した。

「ええ。此じゃあ、まるで持参金狙いの色事師ですぜ」

由松は、似顔絵を眺めた。

「持参金狙いの色事師……」

雲海坊は眉をひそめた。

「ええ。女誑《おんなたら》しの……」

「由松、ひょっとしたらその辺りの野郎かもしれないな……」

「じゃあ何ですか、此の仏、所帯を持つと行き遅れた女を誑《たぶら》かして持参金を奪う色事師だとでも……」

由松は眉をひそめた。

「違うかな……」

「分かりました、雲海坊の兄貴。じゃあ、その辺を追ってみますか……」

由松は頷いた。

水鳥が羽ばたき、不忍池に水飛沫が煌めいた。

日本橋は賑わっていた。

学問所帰りの大助は、日本橋を渡って高札場を眺めた。

百合江さんらしき武家の女はいない……。

大助は見定め、お店の旦那風の優男を捜した。だが、旦那風の優男もいなかった。

大助は、微かな安堵を浮かべて八丁堀に急いだ。


秋山屋敷は表門を開けていた。

「太市さん、只今戻りました」

帰って来た大助は、表門脇の腰掛にいた太市に声を掛けた。

「ああ、お帰りなさい……」

太市は、眺めていた似顔絵を脇に置いて腰掛から立ち上がった。

大助は、腰掛に置かれた似顔絵に気が付き、手に取った。

「太市さん、此の似顔絵は……」

「旦那さまに渡された物なんですが、身元不明の仏さんの似顔絵だそうでしてね。見覚えないかと……」

太市は告げた。

大助は、厳しい顔で似顔絵を見詰めていた。

「大助さま、見覚えあるんですか……」

太市は、怪訝な面持ちで大助に尋ねた。

「はい。此の似顔絵の男、昨日、日本橋の高札場で百合江さんらしき女の人と逢った男とそっくりです」

大助は、似顔絵に描かれた身元不明の優男を百合江らしき女と日本橋で逢っていた男だと見定めた。

「何ですって……」

太市は、大助から似顔絵を取ってまじまじと見詰めた。

「間違いないよ、太市さん。そっくりだよ」

大助は告げた。

「大助さま、旦那さまに御報せしましょう」

太市は、急いで表門を閉め始めた。

門扉は軋みを上げた。

「何……」

久蔵は眉をひそめた。

「はい。此の似顔絵の男。昨日、大助さまが日本橋の高札場で見掛けたそうです」

太市は告げた。

「大助、此の男に相違ないのか……」

久蔵は、大助を見据えた。

「はい。相違ございません」

大助は頷いた。

「して大助、此の男、高札場で何をしていたのだ」

「は、はい……」

大助は躊躇い、太市をそれとなく窺った。

「大助さま、お話しされた方が宜しいでしょう」

太市は勧めた。

「はい。実は父上、此の男は昨日、百合江さんらしき武家の妻女と待ち合わせをしていたのです」

大助は告げた。

「百合江どのと待ち合わせ……」

久蔵は眉をひそめた。

「いえ。百合江さまらしき御妻女。良く似た方でして、百合江さまだと決まっている訳ではございません」

太市は説明した。

「うむ。百合江どのに良く似た女か……」

久蔵は、太市の慎重さに頷いた。

「左様にございます」

「して大助、此の男と百合江どのに似た武家の女、逢ってどうしたのだ」

「はい。日本橋川沿いを呉服橋御門の方に行きました」

大助は告げた。

「そうか……」

「旦那さま……」

太市は、久蔵に指示を仰いだ。

「うむ。太市、ちょいと百合江どのの様子を見て来てくれるか……」

久蔵は告げた。

「心得ました」

「ならば私も……」

大助は、腰を浮かせた。

「大助……」

「はい……」

「お前は此処迄だ……」

「えっ……」

大助は狼狽えた。

「大助、此の事一切、他言無用。良いな」

久蔵は、大助に厳しく命じた。


八丁堀組屋敷街は夕暮れに覆われた。

太市は、秋山屋敷のある岡崎町から北島町にある神崎屋敷に急いだ。

神崎屋敷は木戸門を閉めていた。

太市は、木戸門が閉まっているのを見定め、板塀沿いの路地を裏手に廻った。

裏手に廻った太市は、それとなく板塀の内を窺った。

板塀越しに味噌汁の香りが漂い、井戸端で水を汲む音が聞こえた。

百合江さまが夕餉《ゆうげ》の仕度をしている……。

太市は読み、表に戻って辺りを見廻した。

神崎屋敷の表に不審な者はいなく、変わった様子も窺えなかった。

異変はない……。

太市は見定めた。


行燈の火は揺れた。

久蔵は、夕食後に太市を呼んだ。

「して、どうだった……」

久蔵は尋ねた。

「はい。百合江さま、夕餉の仕度をされておりました」

「ならば、いつもと変わらぬか……」

「はい。お屋敷の前に不審な者も潜んでおらず、変わった様子もありません」

「そうか……」

久蔵は頷いた。

「旦那さま……」

太市は声を潜めた。

「実は昨日、大助さまに百合江さまらしき武家の御妻女の事を聞き、神崎さまのお屋敷に行ってみたのです」

「どうした……」

「うむ……」

「その時、百合江さまはお屋敷においでにならず、お出掛けになっていたかと……」

「出掛けていた……」

「きっと……」

太市は頷いた。

「太市、明日から暫く百合江どのを見張ってみろ……」

久蔵は命じた。

二

八丁堀には、南北両町奉行所に出仕する同心や与力たちが行き交っていた。

「じゃあ、行ってくる」

「お気を付けて……」

和馬は、妻の百合江に見送られて南町奉行所に向かった。

百合江は、出仕する夫の和馬を見送り、木戸門を閉めた。

太市が物陰から現れ、神崎屋敷を見張り始めた。


勇次、新八、清吉は、神田川に架かる昌平橋を中心に仏を見掛けた者を捜し続けた。だが、仏を見掛けた者は見付からなかった。

勇次、新八、清吉は捜し続けた。


金龍山浅草寺の境内は、参拝客や見物客で賑わっていた。

雲海坊と由松は、参道を行き交う人々越しに茶店を眺めた。

茶店の縁台では、色事師の平助《へいすけ》が並んで腰掛けている年増に何事かを話し掛けていた。

「野郎が色事師の平助か……」

雲海坊は、色事師の平助を眺めた。

「ええ。大した色事師じゃありませんがね」

由松は苦笑した。

「ま、仏を知っていりゃあいいさ……」

年増は、平助に会釈をして立ち去ろうとした。

平助は、慌てて追い掛けた。

「じゃあ、ちょいと訊いてみますか……」

「ああ……」

由松と雲海坊は、立ち去ろうとする年増に付き纏う平助を追った。

平助は、参道を行く年増に纏わり付いていた。

「やあ、色事師の平助じゃあねぇか……」

由松は呼び止めた。

「えっ……」

平助は驚き、振り返った。

由松がいた。

「色事師……」

年増は驚き、平助を恐ろしそうに一瞥して小走りに立ち去った。

「おっ。稼業の邪魔をしちまったかな……」

由松は笑い掛けた。

「由松の兄い……」

平助は、後退りして身を翻そうとした。

背後に雲海坊がいた。

平助は、腹立たしげに唾を吐いた。


「平助、そう怒らず、此奴を見てくれねえかな……」

由松は、平助を参道の外れに連れ込み、仏の似顔絵を見せた。

平助は、似顔絵を見て眉をひそめた。

「何処の誰か知っているな」

由松は、平助を厳しく見据えた。

「此奴がどうかしたんですかい……」

「殺されたよ」

雲海坊が告げた。

「えっ……」

平助は驚き、怯んだ。

「此奴は何処の誰だ」

「知っているのなら、さっさと話した方が身の為だぜ」

雲海坊は、平助に笑い掛けた。

「蓑吉《みのきち》です。此奴は蓑吉って奴です」

「蓑吉か……」

雲海坊と由松は、漸く仏の名を突き止めた。

「で、塒《ねぐら》は何処だ」

由松は、再び尋ねた。

「塒は、確か根津権現門前の茶店の家作だったと思いますが……」

「根津権現門前の茶店の家作か。平助、嘘偽りはねえな……」

「由松の兄い、あっしは死人に義理立てする程、人は好くありませんぜ」

平助は、狡猾な笑みを浮かべた。

色事師の蓑吉、塒は根津権現門前の茶店の家作……。

幸吉は、雲海坊や由松の報せを受けて勇次を従えて根津権現に急いだ。

茶店は、根津権現門前の外れにあった。

幸吉と勇次は、茶店の裏にある人が住めるように造り直した納屋に向かった。


土間と六畳程の板の間の納屋には、雲海坊と由松が来ていた。

「おう。御苦労だったな、雲海坊、由松……」

幸吉は、雲海坊と由松を労った。

「いいえ……」

「色事師の蓑吉。恨んでいる女は多いのかな」

幸吉は訊いた。

「同業の平助って野郎に訊いた限りでは、出戻りや行き遅れの年増狙いの色事師だそうでしてね。恨んでいる女、それなりに多いようですぜ」

雲海坊は報せた。

「親分、こんな物がありました……」

由松が、『おぼえ書』と金釘流で書かれた大福帳のような物を持って来た。

「おぼえ書……」

幸吉は眉をひそめた。

「ええ。何人かの女の名前と歳。居所と金が書いてありますよ」

由松は告げ、蓑吉の覚書を差し出した。

幸吉は受け取り、覚書の表紙を捲《めく》った。

最初の頁には『おまち、三十さい、出戻り、下谷元くろ門町ご服屋ひし屋、一両……』などと書き記されていた。

「騙《だま》した女かな……」

幸吉は読んだ。

「きっと……」

由松は頷いた。

幸吉は、覚書を捲った。

いろいろな女の名前が書かれていた。

「ざっと十人程の女の名前が書かれていますよ」

由松は苦笑した。

幸吉は、覚書を捲って最後の頁に書かれている女の名前を読んだ。

『さなえ。二十八さい。行きおくれ、下谷ねりべい小路、三両……』と書かれていた。

「最後の相手は、お武家の娘か……」

幸吉は睨んだ。

「ええ。早苗《さなえ》、二十八歳。下谷練塀小路《ねりべいこうじ》の組屋敷に住んでいる御家人の家の行き後れの娘で、三両貢《みつ》がせたって事ですかね」

「きっとな……」

「そして、色事師と気が付かれて刺されたかもしれない……」

由松は読んだ。

「よし。由松、勇次、此の早苗って御家人の娘を調べてくれ」

幸吉は命じた。

「承知……」

「じゃあ……」

由松と勇次は、蓑吉の家から出て行った。

「出戻りに行き後れ。女の哀しみに付け込んで汚い真似をしやがって……」

雲海坊は吐き棄てた。

「ああ……」

幸吉は頷いた。

八丁堀の組屋敷街には、赤ん坊の泣き声が響いていた。

神崎屋敷の木戸門が開き、百合江が小さな風呂敷包みを持って出て来た。

百合江は辺りを見廻し、足早に南茅場町《みなみかやばちょう》に向かった。

太市が物陰から現れ、百合江を追った。

百合江は、南茅場町に出て通りを西に曲がった。

西には楓川《もみじがわ》があり、渡って進むと日本橋の高札場がある。

高札場に行くのか……。

太市は、微かな後ろめたさを感じながら慎重に尾行た。


南町奉行所の用部屋には微風が吹き抜けていた。

神田川に上がった土左衛門は、根津権現門前に住んでいる色事師の蓑吉……。

幸吉は、久蔵と和馬に報せた。

「色事師の蓑吉……」

久蔵は眉をひそめた。

「はい。で、蓑吉の家にこのような物が遺されていました」

幸吉は、蓑吉の遺した覚書を差し出した。

久蔵と和馬は、金釘流で書かれた覚書に眼を通した。

「最後に書かれている早苗なる者が、今誑かされている女なんですかね……」

和馬は読んだ。

「ああ。おそらくな……」

久蔵は頷いた。

そして、微かな安堵を覚えていた。

微かな安堵は、色事師蓑吉の覚書の何処にも百合江の名が書かれていなかったからだ。

「それにしても色事師だったとは……」

和馬は、呆れたように蓑吉の似顔絵を眺めた。

「うむ……」

「誑かされた女が恨み、蓑吉を刺して神田川に突き落としたか……」

和馬は推し測った。

「きっと……」

幸吉は頷いた。

「して柳橋の。此の早苗なる女の処には……」

久蔵は尋ねた。

「はい。勇次と由松が……」

「そうか。ま、相手の女は何かと噂にされ易い二十八歳の行き後れ。呉々も慎重に事を進めるんだぜ」

久蔵は、色事師の蓑吉に誑かされた女たちを哀れんだ。

「はい……」

幸吉は頷いた。

「それから和馬、最後に書かれている早苗だけが蓑吉殺しの疑いがある訳ではない。此の覚書に書かれている女たちを詳しく洗ってみるんだな……」

「心得ました」

和馬は頷いた。

そこには、何の屈託も見当たらなかった。

和馬は、妻の百合江に何の懸念も抱いていない……。

久蔵は睨んだ。

大助が見掛けた蓑吉と逢っていた百合江らしき女は、良く似た他人なのかもしれない。

それならそれで良い……。

久蔵は、腹の内で呟《つぶや》いた。


下谷練塀小路には組屋敷が軒を連ねていた。

その組屋敷に住んでいる二十八歳になる行き後れの娘の早苗……。

勇次と由松は、練塀小路一帯の組屋敷に出入りしている米屋、酒屋、油屋などに聞き込みを掛けて割出しを急いだ。そして、御家人武藤周一郎《むとうしゆういちろう》の組屋敷に、行き後れの早苗と云う娘がいるのを知った。

「由松の兄貴……」

「うん。きっと間違いねえ……」

由松と勇次は、不忍池から流れている忍川《しのぶがわ》の近くの武藤周一郎の組屋敷に向かった。

武藤屋敷は板塀に囲まれ、静けさに沈んでいた。

勇次は見張り、由松は近所の者に聞き込みを掛けた。

武藤早苗は、父親の御家人武藤周一郎と二人暮らしだった。そして、病勝ちの父親の世話をしていて婚期を逃し、行き後れになったと噂されていた。

早苗には、焦りと諦めがあったのかもしれない。

それが、色事師の蓑吉の甘い言葉に誑かされた元なのかもしれない。

気の毒に……。

由松は、早苗に同情しながら聞き込みを続けた。


勇次は、武藤屋敷を見張り続けた。

武藤屋敷に出入りする者はいなく、隣近所との付き合いも余りないようだった。

連なる組屋敷の中に沈んだような物静かな屋敷だ……。

勇次は眺めた。

練塀小路を武家の妻女がやって来た。

勇次は、物陰に隠れた。

武家の妻女は、辺りを見廻しもせず迷いのない足取りで来る。

行き先は決まっている……。

勇次は読んだ。そして、やって来る武家の妻女の顔に戸惑った。

百合江さま……。

勇次は、やって来る武家の妻女が和馬の妻の百合江だと気が付いた。

百合江さまがどうして……。

勇次は困惑した。

百合江は、武藤屋敷の木戸門を潜った。

えっ……。

勇次は、思わず狼狽えた。

百合江は、武藤屋敷に入って行った。

勇次は、物陰を出て武藤屋敷を眺めた。

「あれ、勇次さんじゃありませんかい……」

太市が駆け寄って来た。

「太市……」

勇次は驚いた。

「何をしているんですか……」

「何って、此の組屋敷を見張って……」

勇次は、武藤屋敷を示した。

「えっ……」

太市は戸惑った。

勇次は、太市を物陰に連れ込んだ。

「太市、それよりお前……」

「勇次さん、今、百合江さまが此の組屋敷に入って行きましたよね」

太市は念を押した。

「えっ。やっぱり百合江さまか……」

武藤屋敷を訪れた武家の妻女は、やはり百合江に間違いなかった。

「ええ。ちょいと訳があって尾行て来たんですがね」

太市は言葉を濁した。

「ちょいとした訳……」

「はい。で、勇次さんはどうして此の組屋敷を見張っているんですか……」

「そりゃあ、ちょいとした訳があって……」

勇次は苦笑した。

「もしかしたら、その訳ってのは、此の似顔絵に拘りあるんじゃあ……」

太市は、懐から蓑吉の似顔絵を出した。

「太市、此の似顔絵は……」

「旦那さまから渡されました……」

「そうか。此奴は出戻りや行き後れの娘を誑かす蓑吉って色事師だ……」

「色事師の蓑吉……」

太市は眉をひそめた。

「ああ。で、此の武藤屋敷の娘が蓑吉に引っ掛かり、誑かされたようでな……」

勇次は、武藤屋敷を眺めた。

「じゃあ、その武藤さまの家の誑かされた娘が蓑吉を……」

太市は読んだ。

「かもしれない。で、太市、お前はどうして百合江さまを……」

「勇次さん、うちの大助さまが百合江さまと蓑吉が逢っているのを見掛けましてね。そして蓑吉が殺され、旦那さまが百合江さまを秘かに見張れと……」

「そうか……」

「じゃあ勇次さん、百合江さまは蓑吉に誑かされた娘さんと……」

「ああ。きっと親しい仲かもしれないな」

勇次は読んだ。

僅かな刻が過ぎた。

「勇次さん……」

太市は、武藤屋敷の木戸門が開いたのを示した。

勇次と太市は、物陰から見守った。

百合江が、同じ年頃の武家の娘に見送られて出て来た。

「じゃあ早苗さん、呉々も気を付けてね」

百合江は、心配げに告げた。

「は、はい。御心配をお掛けして申し訳ございません……」

早苗と呼ばれた娘は、百合江に詫びた。

色事師の蓑吉に誑かされた武藤早苗だ……。

勇次は見定めた。

「それでは、御父上さまに宜しくお伝え下さいね。では……」

百合江は、早苗に会釈をして武藤屋敷から立ち去った。

早苗は、深々と頭を下げて百合江を見送り、組屋敷に戻った。

「じゃあ勇次さん……」

太市は、百合江を追った。

「ああ……」

勇次は見送った。

「武藤早苗に動きはないようだな……」

由松が、反対側から戻って来た。

「ええ。ですが客が来ましたよ」

「客、どんな奴だ……」

由松は眉をひそめた。

「そいつが、和馬の旦那の御新造の百合江さまです」

「百合江さま……」

由松は驚いた。

百合江は、途中で夕餉の買い物をして八丁堀の組屋敷に戻った。

太市は見届けた。

「して、百合江どのは、下谷練塀小路の武藤家の娘、早苗に逢いに行ったのだな……」

久蔵は念を押した。

「はい。そうしたら武藤屋敷には、勇次さんが見張りに付いていました」

太市は告げた。

「そうか……」

久蔵は頷いた。

勇次と由松は、蓑吉の覚書の最後に書かれていた〝早苗〟の身許を突き止めた。

そして、その早苗の許に百合江が訪れた。

百合江と早苗には拘りがあった。

何れにしろ、百合江と色事師の蓑吉の拘りは、武藤早苗を間にしての事なのかもしれない……。

久蔵は読んだ。


夜。

下谷練塀小路の組屋敷街は眠り込んでいた。

勇次と由松は、連なる組屋敷の路地に潜んで、斜向いの武藤屋敷を見張り続けていた。

武藤屋敷の前に人影が現れた。

「由松さん……」

勇次は、居眠りをしていた由松を呼んだ。

「どうした……」

由松は、勇次の傍にやって来た。

勇次は、斜向いの武藤屋敷の様子を窺っている人影を示した。

由松は、人影に気が付いて眉をひそめた。

「何処の誰ですかね……」

「うん……」

勇次と由松は、人影を見守った。

僅かな刻が過ぎた。

人影は、武藤屋敷を離れた。

「追ってみる……」

由松は、素早く路地を出て暗がり伝いに人影を追った。

勇次は見送った。

三

忍川は緩やかに流れていた。

人影は、忍川沿いの道を下谷広小路に向かっていた。

由松は、暗がり伝いに追った。

人影は、黒い半纏を着た男だった。

足取りや身のこなしから見て未だ若い……。

由松は睨んだ。

黒い半纏を着た若い男は、下谷広小路の手前の上野北大門町《きただいもんちょう》に入り、裏通りの居酒屋の暖簾を潜った。

由松は見届けた。

どうする……。

居酒屋からは酔客の笑い声が洩れていた。

よし……。

由松は、居酒屋の暖簾を潜った。

「いらっしゃいませ……」

厚化粧の年増が由松を迎えた。

「おう。邪魔するよ」

由松は、黒い半纏を着た若い男を素早く捜した。

職人やお店者の客たちの奥に黒い半纏を着た若い男が痩せた浪人と酒を飲んでいた。

由松は、黒い半纏を着た若い男と痩せた浪人の隣に座り、酒を頼んだ。

「ならば丈吉《じょうきち》、練塀小路の行き後れの処に変わった様子はないのだな」

痩せた浪人は、黒い半纏を着た若い男を丈吉と呼んだ。

「はい。取り立てて変わった様子は窺えませんでしたぜ。田村《たむら》の旦那……」

丈吉は、手酌で酒を飲みながら痩せた浪人に告げた。

痩せた浪人の名は田村……。

由松は、運ばれた酒を手酌で飲みながら田村と丈吉の話に耳を澄ました。

「そうか。で、丈吉、蓑吉が逢った武家の女、何処の誰か分かったのか……」

「そいつが未だ……」

「そうか。とにかく蓑吉と俺たちの拘りに気が付かれぬようにな……」
田村は、厳しさを滲ませた。
「そいつはもう……」
丈吉は、狡猾な笑みを浮かべた。
蓑吉と拘りのある奴ら……。
由松は睨んだ。
居酒屋は賑わい続けた。
半刻が過ぎた。
浪人の田村は、黒い半纏を着た丈吉を残して居酒屋を出て行った。
どうする……。
由松は、浪人の田村を追うか、丈吉を見張るか迷った。
よし……。
由松は、浪人の田村を追う事に決め、酒代を払って店を出た。
下谷広小路に行き交う人はいなかった。
浪人の田村は、人気のない下谷広小路を横切り、池之端仲町に向かった。

油断のない足取りだった……。

由松は、暗がり伝いに田村を尾行た。

田村は、池之端仲町の裏通りを進んだ。

月明かりを浴びた寺が行く手に現れた。

田村は、寺の裏手に廻って裏門を潜った。

由松は裏門に走り、裏庭を窺った。

裏庭には小さな家作があり、田村が入って行った。

由松は見守った。

小さな家作に明かりが灯された。

浪人の田村は、池之端仲町の外れの寺の家作に住んでいる。

由松は見届けた。


「御用ですか……」

和馬は、久蔵の用部屋にやって来た。

「うむ。ま、座ってくれ」

「はい……」

和馬は、久蔵の前に座った。

「和馬、色事師の蓑吉の覚書に書かれていた早苗だが、どうやら百合江どのの知り合いらしいな」

久蔵は告げた。

「百合江と……」

和馬は、戸惑いを浮かべた。

「うむ。して、百合江どのは早苗の為に動いているようだ……」

「えっ……」

和馬は困惑した。

「知らなかったのだな……」

「は、はい……」

和馬は困惑した。

「実はな和馬。色事師の蓑吉が殺された日の昼間、日本橋の高札場で百合江どのと逢っているのを、学問所帰りの大助が見掛けた……」

「百合江が蓑吉と……」

和馬は眉をひそめた。

「それで、ちょいと気になってな。そうしたら昨日、百合江どのは下谷練塀小路の組屋敷に住む武藤早苗の許を訪れたそうだ」

久蔵は告げた。

「そうですか……」

「和馬、仔細はお前が訊くのだな……」

久蔵は命じた。

「はい……」

和馬は頷いた。


柳橋の幸吉は、武藤早苗を見張る勇次の許に清吉を行かせ、浪人の田村が暮らす総明寺の家作を見張る由松の許に新八を走らせた。

総明寺の裏の家作には、浪人の田村恭之介《きょうのすけ》が一人で暮らしていた。

「浪人の田村恭之介ですか……」

新八は、家作を眺めた。

「ああ。黒い半纏を着た丈吉って野郎と連《つる》んでいてな。どうやら蓑吉と拘りがありそうだ」

由松は、寺の周囲に聞き込みを掛けて田村の名を突き止めていた。

「じゃあ、やっぱり色事師ですか……」

新八は読んだ。

「かもしれねえな……」

由松は頷いた。

総明寺の裏庭にある家作は静寂に覆われていた。

浪人の田村恭之介が、出て来る気配はなかった。

由松と新八は見張った。


八丁堀は朝の忙しさも既に終わり、長閑な時を迎えていた。

神崎屋敷を見張っていた太市は、足早に来る町方同心に気が付いて物陰に隠れた。

足早に来た町方同心は、和馬だった。

「和馬の旦那……」

太市は戸惑った。

和馬は、己の組屋敷の周りを素早く見廻し、木戸門を潜って行った。

どうしたんだ……。

太市は眉をひそめた。

百合江は、夫の和馬が昼前に帰って来たのに戸惑った。

「どうかされたのですか……」

「うむ。ちょいと話があってな。居間に参れ」

和馬は、居間に入った。

「は、はい……」

百合江は、居間に入って和馬と向かい合った。

微かな緊張が過ぎった。

「百合江、武藤早苗と云う娘を知っているな」

和馬は尋ねた。

「はい……」

百合江は、覚悟を決めたように頷いた。

「どのような拘りだ」

「早苗さんは、下谷練塀小路の組屋敷に病の御父上と住んでいて、昔、お針のお師匠さんの処で一緒になり、以来、往き来しています……」

「そうか。して、蓑吉と云う男との拘りはどのようなものだ……」

「旦那さま、早苗さんは病の御父上の御世話をしていて、私と同じように世間で云う行き後れになりました。そして、お店の旦那だと称する蓑吉に出逢い、お付き合いをするようになったそうです。ですが、早苗さんは蓑吉の様子に不審を抱き、私に相談して来たのです……」

「それで、蓑吉と逢ったのか……」

「は、はい。どのような人か見定めようと思いまして……」

「して、百合江の見た処、蓑吉はどのような男だった」

「お店の主などとは偽り。女を侮《あなど》り、誑かそうとする狡猾な男とみえました……」

百合江は、蓑吉の色事師としての本性を見抜いていた。

「そうか。して、如何致した……」

「はい。私は南町奉行所に縁のある者。此以上、早苗さんに付き纏う気ならば、磔獄門《はりつけごくもん》を覚悟するが良いと……」

百合江は、恥ずかしそうに俯き加減に告げた。

「ほう。脅したのか……」

和馬は、普段は物静かで控え目な百合江の秘めている覚悟と厳しさに感心した。

「はい。嘘偽りを申し、その場凌《しの》ぎをして姿を隠しても、岡っ引の柳橋の親分一家に必ず捜し出して貰うと……」

「して、蓑吉はどうした」

「早苗さんから手を引くと約束をしてくれました……」

百合江は、微かな安堵の笑みを浮かべた。

「そうか……」

和馬は頷いた。

「はい。旦那さま、蓑吉が何か……」

「うむ。蓑吉は色事師でな……」

「色事師……」

百合江は眉をひそめた。

「うむ。そして、百合江が逢った日の夜、昌平橋で何者かに刺され、神田川に落ちて溺れ死んだ」

和馬は、百合江を見詰めて告げた。

「蓑吉が死んだ……」

百合江は驚いた。

驚きに嘘偽りはない……。

和馬は見定め、深く安堵した。

「うむ。百合江は昨日、早苗どのに逢いに行ったそうだが、早苗どのは蓑吉が死んだ事を知らなかったのだな……」

「はい。蓑吉は訪れず、何も云って来ないと安堵しておりました」

「そこに嘘偽りは……」

「感じられませんでした」

百合江は、和馬を見詰めた。

早苗は、色事師の蓑吉の死に拘りはない……。

和馬は見定めた。

「そうか……」

「はい……」

「処で百合江、武藤家は病の御父上と娘の早苗どのの二人だけだな」

「はい。御母上は既にお亡くなりになっており、兄弟もなく……」

「ならば、武藤の家は早苗どのが婿養子を迎えて継ぐのかな……」

「はい。きっと……」

「となると、死んだ色事師の蓑吉が婿養子となり、武藤家の家督を継ぐ事になったかもしれぬか……」

和馬は苦笑した。

「はい……」

百合江は、厳しい面持ちで頷いた。

高が百石取りの御家人の家でも、下級の旗本御家人の部屋住みや浪人にとっては、垂涎《すいぜん》の的と云える。

だが、色事師の蓑吉が御家人家の家督を狙うとは思えない。

「して百合江、色事師の蓑吉に仲間らしき者はいなかったのかな……」

和馬は、蓑吉の背後に武藤家の家督を狙う者が潜んでいるかもしれぬと睨んだ。

「さあ、早苗さんから何も聞いてはおりませんが……」

百合江は告げた。

「そうか。良く分かった……」

和馬は頷いた。

「申し訳ございません、旦那さま。今迄黙っていまして……」

「うむ。百合江が蓑吉と逢っていたと聞いた時には驚いた……」

「御免なさい。旦那さまに御迷惑を掛けたくなかったものでして。でも、此で私も旦那さまに内緒事がなくなり、ほっと致しました」

百合江は、安堵を浮かべて微笑んだ。

「うん。俺もほっとしたよ……」

和馬は笑った。

「旦那さま、ならば早苗さんは……」

「武藤屋敷は柳橋の勇次たちが見張っている。何も心配は要らぬし、後は俺が引き受けた」

和馬は頷いた。

和馬は、百合江に見送られて組屋敷を出て周囲を見廻した。

太市が何処かで見張っている筈だ……。

だが、太市の姿は見えなかった。

和馬は、南町奉行所に向かった。

見送る百合江が見えなくなった処で、太市が路地から現れた。

「やあ、太市。いろいろ心配と迷惑を掛けたな……」

和馬は、太市に笑い掛けた。

「和馬の旦那……」

和馬は、百合江から聞いた事の次第を久蔵に報せた。

「成る程、そう云う事だったか……」

久蔵は頷き、苦笑した。

「はい。それで出過ぎた真似とは思いましたが、太市の見張りを解きました……」

和馬は告げた。

「うむ。それで良い……」

「はい……」

「何れにしろ和馬、こうなると早苗は色事師の蓑吉殺しに拘りはないようだな」

久蔵は睨んだ。

「はい。私もそう思います」

和馬は頷いた。

「和馬、さっき柳橋が来てな。早苗の屋敷を窺っていた丈吉って野郎を追ったら、田村恭之介って浪人が浮かんだそうだ」

「丈吉に浪人の田村恭之介……」

和馬は眉をひそめた。

「うむ。どうやら、蓑吉と拘りがあるらしい」

「そうですか。で……」

「うむ。由松と新八が見張っている。家は池之端仲町の外れにある総明寺の家作だそうだ」

「分かりました。行ってみます」

和馬は立ち上がった。


不忍池の畔には小鳥が囀《さえず》り、長閑な光景が広がっていた。

由松と新八は、総明寺の裏庭の家作を見張っていた。

「由松さん……」

新八が、総明寺の裏門を示した。

痩せた着流し姿の浪人が、裏庭の家作から出て来た。

「田村恭之介だ……」

由松は告げた。

浪人の田村恭之介は、総明寺の裏門を出て池之端仲町の裏通りに向かった。

「よし。追うぜ……」

「承知……」

由松と新八は、田村恭之介を追った。


田村恭之介は、池之端仲町の裏通りを下谷広小路に向かった。

由松と新八は、二手に別れて慎重に尾行た。

田村は、下谷広小路に入って茶店の縁台に腰掛けて茶を頼んだ。

由松は続いて茶店に入り、田村の背後に腰掛けて茶を頼んだ。

新八は、物陰に入って茶店にいる田村を見張った。


武藤屋敷の庭には洗濯物が揺れていた。

勇次と清吉は、見張り続けていた。

早苗は動かず、訪れる者もいなかった。

黒い半纏を着た丈吉が、下谷練塀小路をやって来た。

「丈吉だ……」

勇次は気が付き、清吉に告げた。

清吉は、軽い足取りでやって来る黒い半纏を着た丈吉を見た。

「野郎ですか……」

「ああ……」

「丈吉の野郎も色事師なんですかね」

清吉は眉をひそめた。

「ああ、あの面に風体だ。おそらくそうなんだろうな……」

勇次は苦笑した。

丈吉は、武藤屋敷の前に立ち止まり、それとなく木戸門内を窺った。

勇次と清吉は、武藤屋敷を窺う丈吉を見守った。

「御免下さい……」

丈吉は、木戸門の外から武藤屋敷に声を掛けた。

「武藤早苗さまはおいでになりますか……」

丈吉は声を掛け続けた。

「はい……」

屋敷から早苗が現れ、木戸門に出て来た。

「武藤早苗は私ですが……」

早苗は、怪訝な面持ちで丈吉に告げた。

「手紙を頼まれて参りました」

「手紙……」

「はい……」

丈吉は、早苗に手紙を差し出した。

早苗は、戸惑った面持ちで手紙を受け取った。

「じゃあ、御無礼致します」

丈吉は薄笑いを浮かべ、忍川に架かっている小橋に向かった。

早苗は、手紙を手にして不安げに見送り、木戸門を閉めて屋敷に戻った。

「勇次の兄貴……」

清吉は、勇次に追うと告げた。

「頼む……」

勇次は頷いた。

清吉は、丈吉を追った。

早苗宛に誰からどんな手紙が来たのか……。

そして、早苗は動くのか……。

勇次は、手紙の内容が知りたかった。


丈吉は、忍川沿いの道から下谷広小路に出た。そして、茶店に進んだ。

清吉は追った。

丈吉は、茶店にいる痩せた着流しの浪人の隣に腰掛けた。

清吉は、物陰から見守った。

痩せた着流しの浪人と丈吉は、何事か言葉を交わし始めた。

「清吉……」

背後に新八が来た。

「新八。じゃあ、あの浪人が田村恭之介って奴か……」

清吉は、新八がいた処から浪人の素性を読んだ。

「ああ、じゃあ隣に腰掛けた野郎が丈吉か……」

「うん。奴ら、何を企んでいるのか……」

「由松さんが二人の後ろにいる。きっと何か聞いて来るさ」

新八と清吉は、茶店にいる田村と丈吉を見守った。

四

由松は縁台に腰掛け、背後の田村恭之介と丈吉の話に聞き耳を立てていた。

丈吉は、武藤早苗に手紙を直に渡したと田村に報せていた。

「そうか。御苦労だったな……」

「後は早苗がどう出るか……」

丈吉は、狡猾な笑みを浮かべた。

「なあに、相手は病の年寄りと行き後れの娘一人、懸念はあるまい……」

田村は侮りを滲ませた。

「ええ……」

丈吉は頷いた。

「処で丈吉、町奉行所の方はどうなっている」

「蓑吉の塒に来たそうですが、その後は此と云って……」

「そうか……」

田村は笑った。

潮時だ……。

由松は茶店を出た。


茶店を出た由松は、物陰にいる新八と清吉の許に来た。

「おう、清吉。丈吉の野郎を追って来たのか」

「はい。由松さん、丈吉の野郎、早苗さまに手紙を渡したのですが、何が書いてあったのか分かりましたか」

清吉は尋ねた。

「そいつなんだが、どうやら早苗さまに脅しを掛けたようだぜ……」

由松は睨んだ。

「脅し……」

清吉は眉をひそめた。

「ああ。だけど、詳しい事は分からねえ……」

由松は、微かな苛立ちを見せた。

「そうですか……」

「由松さん……」

新八は、茶店を示した。

浪人の田村恭之介と丈吉は、茶店を出て下谷広小路の雑踏を南に向かった。

「新八、追うぜ」

由松は告げた。

「合点です……」

新八は頷いた。

「あっしも行きます」

清吉は続いた。

由松、新八、清吉は、田村恭之介と丈吉を追った。


丈吉が早苗に届けた手紙には、何が書かれているのか……。

勇次は気になった。だが、武藤屋敷を訪れて早苗に尋ねた処で教えてくれる筈はない。

早苗が動くのを待つしかない……。

勇次は決めた。

「勇次……」

和馬が現れた。

「和馬の旦那……」

勇次は、戸惑った面持ちで迎えた。

「武藤屋敷か……」

和馬は、武藤屋敷を眺めた。

「はい……」

「で、どんな様子なんだ……」

「そいつが、さっき丈吉って野郎が早苗さまに手紙を持って来ました……」

「手紙……」

和馬は眉をひそめた。

「はい。誰が何を云ってきたのか……」

勇次は首を捻った。

「そうか。早苗どのに手紙がな……」

和馬は、心配そうに武藤屋敷を眺めた。

「和馬の旦那……」

勇次は、微かな戸惑いを浮かべた。

「うん。実はな、勇次。武藤早苗どのは百合江の親しい友なのだ……」

和馬は告げた。

「百合江さまの……」

勇次は驚いた。

「うん。それでな……」

和馬は、百合江から聞いた早苗と色事師の蓑吉の事を勇次に話した。

「へえ、百合江さまが蓑吉を脅したとは……」

勇次は感心した。

「ああ。俺も聞いて驚いたよ」

和馬は苦笑した。

「流石は百合江さまですね……」

「流石だと……」

和馬は戸惑った。

「はい。百合江さまは覚悟の決まっている御方ですからねえ……」

「そうか。覚悟が決まっているか……」

和馬は、勇次の言葉に戸惑った己を秘かに恥じた。

「和馬の旦那……」

勇次は、武藤屋敷を示した。

武藤屋敷の木戸門から早苗が現れ、下谷練塀小路を南に向かった。

和馬と勇次は、早苗を追った。


神田川の流れは煌めいていた。

早苗は、神田川に架かっている和泉橋に向かった。

和馬と勇次は尾行た。

早苗は、和泉橋の途中で立ち止まり、煌めく神田川の流れを見下ろした。

その横顔は、哀しげで思い詰めていた。

「和馬の旦那……」

勇次は眉をひそめた。

「うむ。身投げでもしそうな気配だな」

「ええ……」

勇次は、早苗を心配そうに見詰めた。

「よし……」

和馬は決め、和泉橋の上から神田川の流れを見下ろしている早苗に近付いた。

勇次は、和泉橋の袂に佇んで見守った。


色事師の蓑吉には、質《たち》の悪い仲間がいた。

再び百合江さまに縋るのは心苦しい……。

早苗は、百合江に此以上の迷惑を掛けるのを躊躇った。

どうすれば良いのだ……。

早苗は、己の運の悪さを嘆いた。

「武藤早苗どのだね……」

背後から男の声が呼んだ。

早苗は驚き、振り向いた。

巻羽織の町奉行所の同心が微笑んでいた。

「は、はい……」

早苗は頷いた。

「私は南町奉行所定町廻り同心の神崎和馬だ」

和馬は名乗った。

「南町の神崎さま……」

「うむ……」

「では、百合江さまの……」

「うむ。亭主だ……」

「それは御無礼致しました」

「いや。事情は百合江に聞きましたよ」

「そうですか……」

「ええ。色事師の蓑吉が殺された限り、放って置けないからね……」

「蓑吉が殺された……」

早苗は、眼を瞠って驚いた。

やはり、その驚きに嘘偽りはない……。

和馬は見定めた。

「で、今日、丈吉なる者が手紙を届けたそうだが、誰が何を云って来たのかな」

和馬は尋ねた。

「そ、それは……」

早苗は、苦しげに云い澱《よど》んだ。

「早苗どの、一時の躊躇いは、生涯を間違わせ、苦しめる事になるかもしれぬ……」

和馬は告げた。

「神崎さま……」

「早苗どの、禍《わざわい》を断ち斬るのには、恥を晒《さら》さなければならぬ時もある」

和馬は、厳しい面持ちで早苗を見据えた。

「分かりました……」

早苗は頷き、懐から一通の手紙を出して和馬に渡した。

「読ませて貰うよ……」

和馬は手紙を開き、読み進めた。

手紙には、色事師の蓑吉に誑かされた事を世間に知られたくなければ、田村恭之介なる浪人を武藤家の婿《むこ》か養子にして家督を継がせろ、と書かれていた。

「馬鹿な事を……」

和馬は眉をひそめた。

そして、今日の暮六つに湯島天神裏の湯島切通町《きりどおしまち》の料理屋『初花《はつはな》』に来いと、書き記されていた。

和馬は、手紙を読み終えた。

田村恭之介の狙いは、百石取りの御家人武藤家の家督なのだ。

色事師の蓑吉は、その為の道具だったのかもしれない。

和馬は睨んだ。

「早苗どの、此の手紙は預からせて貰う……」

「は、はい……」

早苗は頷いた。

「早苗どの、後は私が始末する。それで構わないな……」

「はい。宜しくお願いします」

早苗は、和馬に深々と頭を下げた。

「よし……」

和馬は微笑んだ。

湯島天神は参拝客で賑わっていた。

浪人の田村恭之介と丈吉は、湯島天神裏の切通町に向かった。

由松、新八、清吉は、田村と丈吉を取り囲むようにして尾行た。

田村と丈吉は、切通町の裏通りを進んで黒板塀を廻した家に進んだ。そして、黒板塀の木戸門を潜った。

由松は見届けた。

「由松さん……」

新八と清吉が、由松に駆け寄った。

「此の家は……」

由松は、黒板塀に囲まれた家を眺めた。

「初花って料理屋だそうです」

清吉が告げた。

「料理屋にしては胡散臭《うさんくさ》いな……」

由松は眉をひそめた。

「ええ。本当は出合茶屋じゃありませんかね」

新八は、黒板塀に囲まれた家を眺めた。

「出合茶屋か……」

出合茶屋とは、男女の密会に使われる処だ。

料理屋『初花』は、裏では訳ありの男と女の密会の宿なのだ。

「よし。清吉、此の事を親分に報せな」

由松は命じた。

「合点です」

清吉は駆け去った。

「新八、初花は俺が見張る。お前は初花の詳しい事を聞き込んで来い……」

「承知……」

新八は、聞き込みに廻った。

由松は、料理屋『初花』を窺った。


久蔵は、早苗宛の手紙を読み終えた。

「色事師の蓑吉に誑かされた恥を世間に知られたくなければ、田村恭之介を武藤家の婿か養子にしろか……」

久蔵は、冷ややかな笑みを浮かべた。

「はい。浪人に取っては、御家人の家でも垂涎の的なのでしょう」

和馬は睨んだ。

「うむ。和馬、どうやら此度《こたび》の蓑吉殺しの裏には、浪人の田村恭之介が潜んでいるようだな……」

「はい……」

「田村恭之介、色事師の蓑吉を使って早苗を誑かそうとした。だが、蓑吉は百合江どのに脅されて怯え、早苗の件から手を引こうとした。それを怒った田村が蓑吉を刺し、神田川に投げ落とした。そんな処かもしれねえな」

久蔵は、蓑吉殺しの絡繰《からく》りを読んだ。

「はい……」

和馬は頷いた。

「申し上げます……」

庭先に小者がやって来た。

「どうした……」

和馬が問い質《ただ》した。

「はい。柳橋の幸吉親分が来ています」

「通してくれ」

久蔵は命じた。

柳橋の幸吉が、庭先にやって来て控えた。

「どうした、柳橋の……」

久蔵と和馬は、濡縁に出た。

「はい。浪人の田村恭之介と丈吉、湯島切通町の初花って料理屋に入ったそうです」

幸吉は告げた。

「うむ。して、初花って料理屋、どんな店だ」

久蔵は訊いた。

「料理屋とは名ばかりの曖昧宿《あいまいやど》のようだと……」

幸吉は眉をひそめた。

「曖昧宿。で、柳橋の、田村と丈吉、その初花に入ったのか……」

和馬は尋ねた。

「はい。由松たちが見張っています」

「よし。和馬、暮六つ前に始末を着けるぜ」

久蔵は、不敵な笑みを浮かべた。

湯島切通町は、湯島天神と不忍池の間にあった。

料理屋『初花』には、中年の男女が人目を忍ぶかのように出入りしていた。

由松と新八は、料理屋『初花』を見張り続けていた。

「昼間から良い調子ですね」

新八は、腹立たしげに見守った。

「ああ……」

由松は苦笑した。

浪人の田村恭之介と丈吉は、料理屋『初花』に入ったまま出て来る事はなかった。

由松と新八は見張り続けた。

「由松、新八……」

幸吉がやって来た。

「親分……」

由松と新八は迎えた。

「田村恭之介と丈吉、初花にいるな……」

「ええ、入ったままですぜ」

由松は告げた。

「よし。秋山さまと和馬の旦那が来ている」

「じゃあ……」

由松は、冷笑を浮かべた。

「ああ。で、初花にはどんな奴がいるのだ」

「旦那と女将、板前が二人に仲居が三人、他に用心棒なんかの面倒な者はいません……」

新八は、周囲から聞き込んだ事を告げた。

「そうか……」

幸吉は頷き、由松と新八に聞いた事を久蔵と和馬に報せた。

久蔵は、和馬に由松や新八と料理屋『初花』に表から踏み込めと命じ、己は幸吉と裏手から行くと決めた。

和馬は、由松と新八を従えて料理屋『初花』を訪れ、浪人の田村恭之介と丈吉のいる座敷に踏み込んだ。

田村と丈吉は、狼狽えながらも身構えた。

「田村恭之介、丈吉、武藤早苗に対する強請《ゆすり》と色事師の蓑吉殺しの罪でお縄にするぜ」

和馬は、田村を厳しく見据えた。

「黙れ……」

田村は、和馬に抜き打ちに斬り付けた。

和馬は、十手で田村の刀を弾き飛ばした。

田村は仰《の》け反《ぞ》った。

由松と新八は、丈吉に飛び掛かった。

丈吉は、匕首を抜いて抗った。

由松は、角手《かくて》を嵌《は》めた手で丈吉を殴り飛ばした。

丈吉は、角手の爪で斬られた頰から血を飛ばして倒れた。

新八は、倒れた丈吉を萬力鎖の分銅で叩きのめした。

丈吉は悲鳴を上げた。

「神妙にしやがれ……」

新八は、悲鳴を上げた丈吉を押さえ付けて素早く捕り縄を打った。

田村は、障子を蹴破って庭に逃げた。

庭には、久蔵が幸吉を従えて佇んでいた。

田村は怯んだ。

「田村恭之介、此以上小汚い真似をしねえで往生際を良くするんだな」

久蔵は嘲笑《ちょうしょう》した。

「お、おのれ……」

田村は焦り、久蔵に斬り付けた。

久蔵は躱し、田村を蹴り飛ばした。

田村は仰け反り、大きく後退した。

和馬は、十手を唸らせた。

田村は、額を十手で打たれて悶絶し、その場に崩れた。

由松が、悶絶した田村に捕り縄を打った。

「和馬、柳橋のみんな、御苦労だったな。田村と丈吉を大番屋に叩き込み、容赦なく締め上げろ……」

久蔵は、和馬と幸吉、由松、新八たちに笑い掛けた。

色事師の蓑吉は、久蔵の睨み通り田村恭之介に殺されていた。

久蔵は、浪人の田村恭之介を死罪、丈吉を遠島の刑に処した。

久蔵は、蓑吉殺しの詮議に武藤早苗の名を出さず、覚書にも残さなかった。

「秋山さま、お気遣い、忝うございます。百合江も喜びます……」

和馬は、武藤早苗の為に感謝した。

「なあに、早苗は誑かされた被害者だ。世間の好奇の眼に晒す必要はあるまい……」

久蔵は笑った。

第四話

地廻り

一

夜。

根津権現門前町の盛り場は、酔客の笑い声と酌婦の嬌声《きょうせい》に満ちていた。

「何だと、手前……」

男の怒声が響いた。

酔客と酌婦たちは驚き、響《どよ》めきながら慌てて後退りした。

地廻りの万吉《まんきち》たちが、長身瘦軀《そうく》の若い浪人を取り囲んでいた。

「地廻りなら、遊びに来てくれている客に道を譲れと云っているんだ……」

長身瘦軀の若い浪人は、地廻りの万吉たちを冷ややかに見廻した。

「煩せえ、食詰め浪人が……」

地廻りの万吉は、長身瘦軀の若い浪人に殴り掛かった。

長身瘦軀の若い浪人は、万吉の殴り掛かった腕《うで》を取って鋭く投げを打った。

万吉は、地面に激しく叩き付けられて苦しく呻いた。

「野郎……」

地廻りたちは、長身瘦軀の若い浪人に一斉に襲い掛かった。

長身瘦軀の若い浪人は、地廻りたちを殴り蹴って次々に叩き伏せた。

鮮やかな手際だった。

万吉たち地廻りは、地面に倒れて苦しく呻いた。

「お前たちは、地廻りの権現一家の者共だな」

長身瘦軀の若い浪人は、万吉の胸倉を鷲摑《わしづか》みにして問い質した。

「へ、へい……」

万吉は、震えながら頷いた。

「ならば、権現一家の親方の処に案内して貰おうか……」

長身瘦軀の若い浪人は、嘲笑を浮かべた。

月番は北町奉行所となり、非番の南町奉行所は表門を閉じていた。

非番と云っても休みではなく、定町、臨時、隠密の三廻りの同心たちはいつも通りの仕事をし、月番の時の残務の整理や始末をした。

用部屋の庭には、木洩れ日が微風に吹かれて揺れていた。

吟味方与力の秋山久蔵は、根津権現門前町の隣の宮永町の自身番から送られて来た報告書を読み終えた。

「香川又四郎《かがわまたしろう》……」

久蔵は呟いた。

宮永町の自身番からの報告書には、根津権現一帯の地廻り権現一家に香川又四郎と云う若い浪人が用心棒に雇われたと書き記されていた。

聞き覚えのある苗字だった……。

久蔵は、〝香川宗兵衛《そうべえ》〟と云う姓名の武士を思い出した。

十五年前、久蔵は香川宗兵衛と云う旗本家家来で直心陰流《じきしんかげりゅう》の遣い手を斬り棄てた。

香川宗兵衛は、悪事を働いた主の大身旗本に忠義を尽くし、久蔵と斬り合って滅び去った。

久蔵は、香川又四郎と云う名を聞き、香川宗兵衛を思い出していた。

香川又四郎と香川宗兵衛に拘りがあるかどうかは分からない。

〝香川〟などと云う苗字は、取り立てて珍しいものでもなく大勢いる筈だ。

偶々《たまたま》、苗字が同じだけなのか、それとも……。

久蔵は想いを巡らせた。

何れにしろ、香川又四郎と云う若い浪人が権現一家の用心棒になったのだ。


不忍池の水面に鯉が跳ね、幾つもの波紋が大きく広がった。

久蔵は塗笠を目深に被り、着流し姿で不忍池の畔を北に進んだ。

不忍池の畔から下野国《しもつけのくに》喜連川藩《きつれがわはん》江戸上屋敷の表門前に曲がり、根津権現に向かった。


根津権現の境内には参拝客が訪れ、参道には幾つかの露店が並んでいた。

久蔵は、宮永町を通って小川を渡り、根津権現門前町に入った。そして、根津権現の境内に進んだ。

根津権現の境内の片隅では、数人の男たちが行商の羅宇屋《らおや》を取り囲んでいた。

権現一家の地廻りたちが、羅宇屋から場所代を取り立てようとしている。
久蔵は睨み、目深に被った塗笠を上げて見守った。
地廻りたちは羅宇屋を脅し、僅かな儲けの全部を差し出せと迫っていた。
羅宇屋は、哀しげに僅かな儲けを地廻りに差し出していた。
久蔵は、羅宇屋と地廻りたちに近付いた。
「何だ、お前さん……」
羅宇屋の僅かな儲けを受け取った地廻りが凄味を効かせた。
久蔵は、無雑作に地廻りの手を捻り上げた。
地廻りは激痛に呻いた。
久蔵は、地廻りから僅かな儲けを取り上げ、羅宇屋に返した。
「さあ、此を持って早々に立ち去り、暫く根津権現での商売は止めるんだな」
久蔵は、羅宇屋に立ち去るように告げた。
「は、はい。忝うございます」
羅宇屋は久蔵に頭を下げ、荷物を背負って足早に立ち去った。
久蔵は、地廻りの捻り上げていた手を突き放した。
地廻りたちは、久蔵を素早く取り囲んだ。

「何だ、手前は……」

地廻りたちは、懐の匕首を握って凄んだ。

「地廻りの権現一家の者だな……」

久蔵は、嘲りを含んだ声で尋ねた。

「だったら、どうだと云うんだ……」

地廻りたちは、今にも飛び掛からんばかりに身構えた。

「僅かな儲けに縋る行商人に阿漕《あこぎ》な真似はするんじゃあねえ……」

久蔵は、地廻りたちを見廻した。

「煩せえ……」

地廻りの一人が、久蔵に殴り掛かった。

久蔵は、殴り掛かった地廻りの拳を躱して容赦なく蹴り飛ばした。

地廻りは後ろに大きく飛ばされて倒れ、土埃を舞い上げた。

「や、野郎……」

地廻りたちは怯んだ。

「無駄な真似はしないのが身の為だ……」

久蔵は嘲笑した。

地廻りたちは匕首を抜き、声を震わせて必死に身構えた。

「どうでもやるのかな……」

久蔵は笑った。

「待て……」

長身痩軀の若い浪人が、中年の地廻りと一緒に現れた。

香川又四郎……。

久蔵の勘が囁いた。

「旦那……」

「万吉の兄貴……」

地廻りたちは、若い浪人と中年の地廻りを見て微かな安堵を浮かべた。

「おぬし、何者だ……」

又四郎は、久蔵に鋭い眼を向けた。

「根津権現に参拝に来た者だ……」

久蔵は苦笑した。

「参拝だと……」

「手前……」

又四郎は眉をひそめた。

「ああ。己の名を名乗らぬ奴にはそれで充分だろう。じゃあな……」

久蔵は、踵を返して根津権現の本殿に向かった。

「野郎……」

一人の地廻りが匕首を構え、立ち去る久蔵を背後から襲った。

久蔵は、振り向き態に刀を抜き放った。

閃光が走った。

地廻りの匕首を握る手が斬り飛ばされ、血を振り撒いて飛んだ。

又四郎と万吉たち地廻りは、息を飲んで眼を瞠った。

匕首を握った手が地面に落ちた。

手首を斬り飛ばされた地廻りは、血の流れる腕を押さえて悲鳴を上げ、悶絶した。

「早く医者に連れて行けば、命は助かる……」

久蔵は、刀を鞘に納めて立ち去った。

「ま、万吉、早く医者に連れて行け……」

又四郎は、万吉たち地廻りに命じた。

「へ、へい。みんな……」

万吉たちは、悶絶している地廻りを担ぎ上げて医者に急いだ。

又四郎は、本殿に手を合わせている久蔵を睨み付けた。

「おのれ、何者だ……」

又四郎は、参拝を終えて立ち去って行く久蔵を厳しい面持ちで見送った。


似ている……。

香川又四郎は、十五年前に斬り棄てた香川宗兵衛に似ている。

久蔵は睨んだ。

似ているのは、人相風体ではなくその佇まいや何気ない身のこなしだ。

又四郎は、十五年前に斬り棄てた香川宗兵衛に縁のある者に相違ない。

久蔵は見定めた。

それにしても何故、又四郎は父親の宗兵衛が奉公していた大身旗本家に行かず、地廻りの権現一家の用心棒になったのか……。

久蔵は振り返った。

香川又四郎は佇み、久蔵をじっと見詰めていた。

久蔵は苦笑した。

十五年前、三千五百石取りの大身旗本大野《おおの》頼母《たのも》は、或る名刀が気に入り、刀剣商に譲るように頼んだ。しかし、刀剣商は大野頼母の頼みを一蹴《いっしゅう》した。

大野は怒り狂い、刀剣商を斬り棄てて名刀を奪い取った。

久蔵は、刀剣商殺しとして事件を追い、大野頼母に迫った。

大野頼母は抗い、家来の香川宗兵衛を前面に押し立てて、その陰に隠れようとした。

久蔵は許さず、立ち塞がる香川宗兵衛を斬り棄てて証拠を握り、大野頼母を評定所に訴えた。

大野頼母は切腹を命じられ、大野家は家禄を千五百石に減知された。

大野家は嫡男の徳之助《とくのすけ》が家督を継ぎ、千五百石取りの旗本家になった。当然、家来や奉公人たちも減った。

香川宗兵衛は、主の頼母を護ろうとして滅び去った。その忠義は武士の鑑《かがみ》であり、大野家としては残された妻子の面倒をみるのは当然の事だ。だが、香川宗兵衛の倅と思われる又四郎は浪人し、地廻りの用心棒になっているのだ。

何故だ……。

久蔵は眉をひそめた。

柳橋の船宿『笹舟』の船着場では、若い船頭が猪牙舟の淦取《あかと》りに忙しかった。

久蔵は、船宿『笹舟』の暖簾を潜った。

「邪魔をする」

「これは秋山さま、いらっしゃいませ……」

帳場にいた女将のお糸は、久蔵を笑顔で迎えた。

「やあ。お糸、久し振りだな。平次に変わりはないか……」

「はい。お陰さまで。相変わらず駆けずり廻っていますよ」

お糸は苦笑した。

「柳橋の三代目だ、そいつは何より。して親分はいるかな……」

「はい。どうぞ、お上がり下さい」

お糸は、久蔵を二階の座敷に誘った。

二階の座敷から見える大川には、様々な船が行き交っていた。

久蔵は、川風に鬢《びん》の解れ髪《ほつ》を揺らして窓の外を眺めていた。

「お待たせ致しました」

柳橋の幸吉とお糸が、酒と肴を持って入って来た。

「おう。休んでいた処をすまねえな……」

久蔵は座に就き、お糸の酌を受けた。

お糸は、久蔵と幸吉に酌をした。

「じゃあお前さん……」

「うん。用があれば呼ぶ……」

「はい。では秋山さま、ごゆっくり……」

お糸は、久蔵に会釈をして座敷から出て行った。

久蔵は、酒を飲んだ。

幸吉は酌をした。

「秋山さま……」

「うむ。幸吉、十五年前、大野頼母と云う大身旗本が名刀欲しさに刀剣商を殺した一件、覚えているかな……」

久蔵は酒を飲んだ。

「十五年前……」

幸吉は訊き返した。

「ああ。で、俺が大野を庇《かば》う香川宗兵衛って忠義者の家来を斬り棄てた……」

久蔵は、手酌で酒を飲んだ。

「思い出しました……」

幸吉は、久蔵を見詰めた。

「その香川宗兵衛の悴らしき男が現れた」

「悴……」

「ああ。香川又四郎と云ってな。根津権現の地廻り権現一家の用心棒になっている」

「地廻りの用心棒……」

幸吉は眉をひそめた。

「ああ。主の為に命を棄てた忠義者の悴にしちゃあ報われていない……」

「ええ……」

幸吉は頷いた。

「そこでだ。千五百石取りの大野徳之助って旗本と屋敷の評判を調べてくれ」

久蔵は命じた。

「心得ました……」

幸吉は頷いた。

「頼む……」

久蔵は、淋しげな面持ちで酒を飲んだ。

窓の外に見える大川には、夕陽が差し込み始めた。


小石川の旗本屋敷街は夜の闇に覆われた。

酒に酔った二人の武士は、何事かを囁き合い笑いながらやって来た。

塗笠を被った長身痩軀の侍は、暗がりから音もなく現れた。

二人の武士は立ち止まった。

「何だ、おぬしは……」

「旗本大野家家中の者か……」

塗笠を被った長身痩軀の侍は、香川又四郎だった。

「だったら、どうした……」

二人の武士は、旗本大野家の家来だった。

「死んで貰う……」

又四郎は、嘲りを含んだ声で告げた。

「何……」

二人の武士は驚き、刀を抜こうとした。

刹那、又四郎は大きく踏み込んで抜き打ちの一刀を放った。

武士の一人が、袈裟《けさ》懸《が》けに斬られて仰け反り倒れた。

又四郎は、返す刀でもう一人の武士の胸元を横薙《よこな》ぎに斬った。

二人の武士は、一瞬にして斬り棄てられた。

鮮やかな刀捌《さば》きだった。

又四郎は、倒れた二人の武士に冷笑を浴びせ、刀を鞘に納めて踵を返した。

二人の武士は、苦しく呻いて息絶えた。

又四郎は、夜の闇に音もなく消え去った。


八丁堀岡崎町にある秋山屋敷の潜り戸が叩かれた。

「何方《どなた》ですか……」

太市が、潜り戸の覗《のぞ》き窓に顔を見せた。

「太市、俺だ。秋山さまに急用だ」

訪れた者は柳橋の幸吉だった。

「こりゃあ、親分……」

太市は、急いで潜り戸を開けた。

「何、大野家家中の者が斬り殺された……」

久蔵は眉をひそめた。

「はい。二人の家来が白山《はくさん》権現の門前町で酒を飲み、小石川の大野屋敷に帰る途中、何者かに襲われ、刀を抜く間もなく一太刀で斬り殺されていたそうです」

幸吉は、厳しい面持ちで告げた。

「二人に刀を抜く間も与えず、一太刀か……」

「はい……」

「かなりの遣い手だな……」

久蔵は睨んだ。

「はい。で、大野家の者たちが駆け付け、急いで二人の死体を屋敷に運んで表門を閉じたのですが、周囲の屋敷の中間《ちゆうげん》小者の眼から逃れられるものじゃありません……」

「話は直ぐに広まったか……」

久蔵は読んだ。

「はい。大野徳之助と大野屋敷の評判を調べに行った勇次たちの耳に直ぐ……」

「うむ。柳橋の、殺しを見た者がいないか捜してくれ。俺は香川又四郎を探ってみる」

久蔵は告げた。

二

旗本大野屋敷は小石川馬場の傍にあり、表門を閉じて静寂に包まれていた。

勇次は、雲海坊や清吉と周囲の旗本屋敷の中間小者、出入りの商人たちに聞き込みを掛け、大野屋敷と主の徳之助に就いて調べていた。

「どうだ……」

幸吉は、勇次、雲海坊、清吉を連れて近くの蕎麦屋の小座敷に上がった。

「評判は悪いな、大野徳之助……」

雲海坊は苦笑した。

「ええ。金に汚く、家来や奉公人の些細な落ち度を煩く言い立て、追い出したりするそうですぜ」

勇次は告げた。

「そんな奴なのか……」

幸吉は眉をひそめた。

「家中の雰囲気は暗く、かなりぎすぎすしているって話ですよ」

清吉は、小者に聞いた話をした。

「昨夜、二人の家来が斬られたのは、当人たちへの恨み辛みと云うより、おそらく大野家の家来だからだな」

雲海坊は睨んだ。

「ええ。きっと大野家を恨んでいる者も多いんでしょうね。ひょっとしたら、追い出された家来の仕業かもしれませんよ」

勇次は読んだ。

「もし、そうなら大野家家中の者への闇討ち、未だ未だ続くかもしれないな」

幸吉は、厳しい面持ちで成行きを読んだ。

根津権現門前の宮永町の通りには、大勢の参拝客が行き交っていた。

地廻り権現一家の店は、丸に権の一文字を大書した腰高障子を開け放していた。

由松と新八は、権現一家に就いて聞き込みを掛け、物陰から見張っていた。

権現一家には、地廻りたちが出入りするだけで、長身痩軀の若い浪人はいなかった。

「出て来ませんね、香川又四郎……」

新八は眉をひそめた。

「ああ。揉め事がない限り、滅多に出て来ないのだろう」

由松は読んだ。

「野郎、勿体をつけやがって……」

新八は、微かな苛立ちを滲ませた。

浪人の香川又四郎は、地廻りの親方寅造《とらぞう》と話をつけて用心棒に雇われ、権現一家に寝泊まりしていた。だが、その裏には、香川又四郎と古手の地廻り万吉が秘かに手を結び、親方寅造を脅して若い妾《めかけ》の家に追い出したとの噂があった。

「処で由松さん、噂、本当なんですかね」

「親方の寅造が千駄木《せんだぎ》の若い妾の家に居続けている処をみると、本当だろうな」

由松は苦笑した。

「じゃあ、権現一家はもう香川又四郎と万吉のものですか……」

「きっとな。それより新八、秋山さまだ……」

由松は、やって来る塗笠を被った着流し姿の侍を示した。

「秋山さま……」

「ああ。此処で権現一家を見張っていてくれ」

「合点です」

由松は、新八を見張りに残してやって来る久蔵の許に向かった。


「おう、由松……」

久蔵は、やって来た由松に気付いて戸惑った。

「親分に権現一家の用心棒、香川又四郎を見張れと云われましてね。今、新八が見張っています」

由松は、権現一家の斜向いの物陰にいる新八を示した。

「そうか。御苦労だな……」

久蔵は、幸吉に抜かりがないのに苦笑した。

「いえ。で、香川又四郎ですが、古手の万吉って地廻りと親方の寅造を追い出し、権現一家を乗っ取ったって噂ですよ」

「乗っ取った……」

久蔵は眉をひそめた。

「ええ。で、香川又四郎、権現一家から出て来る気配はありません」

「出て来ないか……」

久蔵は苦笑した。

「はい。何なら引っ張り出しますが……」

由松は、楽しそうに笑った。

「いや。そいつは未だ良い。今は警戒をさせず、動きを見守るのだ」

久蔵は、香川又四郎を泳がせ、その動きを見定めるつもりなのだ。

「承知……」

由松は頷いた。

白山権現と小石川馬場の間にある旗本屋敷街は、人通りもなく静かだった。

幸吉は、雲海坊と共に旗本屋敷街の辻に佇み、周囲を見廻した。

「此の辺りだな……」

「ああ……」

旗本屋敷街などの武家地は町奉行所の支配違いであり、幸吉たち岡っ引の探索は何かと面倒で大変だった。

雲海坊は、旗本屋敷の土塀の下に附着しているどす黒い雫《しずく》を指先で擦った。

どす黒い雫は血だった。

「血だな……」

雲海坊は、血の付いた指先を幸吉に見せた。

「うん。辺りは綺麗に掃き清められているが、間違いないな……」

幸吉は頷いた。

「ああ……」

雲海坊は、斬った者の手掛りが残されていないか辺りを探し、土塀の角を曲がった。

掃除をしていた老下男が、驚いたように雲海坊を見詰めた。

「やあ……」

雲海坊は、饅頭笠を上げて親しげに笑い掛けた。

「ええ。何だか争うような声が聞こえたんで、中間長屋の窓を覗いたら、背の高い侍が足早に通り過ぎて行きましてね」

老下男は告げた。

「どんな顔かな。若いのか中年か……」

雲海坊は尋ねた。

「そいつが、笠を目深に被っていて見えなかったんですよ」

「じゃあ、背が高いって事だけですか……」

「ええ……」

老下男は、申し訳なさそうに頷いた。

「いや。そいつが分かっただけでもありがたい。なあ……」

幸吉は、雲海坊に同意を求めた。

「ああ……」

雲海坊は、老下男に笑い掛けた。

日が暮れた。

火の粉と煙は、大野屋敷の閉められた表門の内側から僅かに舞っていた。

「篝火《かがりび》を焚《た》いて警戒を厳しくしていやがる……」

清吉は、大野屋敷を眺めた。

「ああ。主の大野徳之助、昨夜、二人の家来が斬られたのは、大野家に対する恨みだと気が付いたのだろうな」

勇次は読んだ。

「じゃあ、身に覚えがあるって事ですか……」

清吉は眉をひそめた。

「ああ、きっとな。手前は屋敷の奥に隠れて家来たちに護らせているんだぜ」

旗本大野家は千五百石取りであり、二十五人程の家来と中間小者女中などの奉公人が屋敷で暮らしている。

主の徳之助は、家来と中間たちに警戒を厳しくさせているのだ。

勇次と清吉は見張り続けた。

「大野屋敷か……」

久蔵が現れ、目深に被っていた塗笠を上げて大野屋敷を眺めた。

「随分、警戒しているようだな……」

「はい。日が暮れてから出掛けた家来や中間小者はおりません」

勇次は告げた。

「警戒を厳しくして屋敷に閉じ籠るか……」

久蔵は苦笑した。

「はい……」

「大野徳之助、父親の頼母に似て狡猾な奴のようだな……」

久蔵は、大野屋敷の土塀の内から僅かに舞う火の粉や煙を見詰めた。

宮永町の権現一家の地廻りたちは、門前町の盛り場に出掛けていた。

由松と新八は、香川又四郎が出て来るのを待っていた。

戌の刻五つ（午後八時）の鐘の音が夜空に響いた。

長身瘦軀の若い侍が、権現一家から出て来た。

「由松さん……」

「ああ。香川又四郎だ……」

「秋山さま……」

由松は頷いた。

又四郎は、塗笠を目深に被って根津権現に向かった。

「追うぜ……」

「はい……」

由松と新八は、香川又四郎を追った。


又四郎は、根津権現の門前町を抜けて裏道に進んだ。

「此のまま進むと本郷通りの追分から小石川ですか……」

新八は、又四郎の行き先を読んだ。

「ああ。ひょっとしたら大野徳之助の屋敷に行くのかもしれねえ……」

由松は頷き、又四郎を慎重に尾行た。


大野屋敷は緊張に満ち溢れていた。

久蔵、勇次、清吉は、大野屋敷を見張り続けた。

「秋山さま……」

勇次は、小石川馬場の傍の道を示した。

塗笠を被った長身瘦軀の侍がやって来た。

久蔵は見詰めた。

「香川又四郎ですかね……」

勇次は眉をひそめた。

「うむ。足取りや身のこなしから見て、香川又四郎に間違いあるまい……」

久蔵は見定めた。

「そうですか……」

勇次と清吉は、喉を鳴らして頷いた。

香川又四郎は、大野屋敷の閉められた表門の前で立ち止まった。

久蔵、勇次、清吉は見守った。

「秋山さま……」

由松と新八が、又四郎を追って暗がりから現れた。

又四郎は、塗笠を上げて大野屋敷を窺った。

表門の内側には篝火が焚かれ、多くの家来たちの気配がした。

又四郎は苦笑し、閉められた表門の門扉を蹴飛ばした。

大きな音が響いた。

表門内の多くの家来たちは、激しく狼狽えて緊張した。

表門脇の潜り戸が開き、数人の家来たちが飛び出して来て又四郎を取り囲んだ。

又四郎は、浮かぶ嘲笑を隠すように塗笠を目深に被り直した。

「何故、表門を鳴らした」

頭分の家来は、怒りを滲ませて又四郎に向かった。

「何の事だ……」

又四郎は惚けた。

「おのれ、何処の誰だ。名を申せ……」

頭分の家来は、又四郎に詰め寄った。

「名か、名は大野徳之助だ……」

又四郎は、嘲りを含んだ声で云い放った。

「何……」

家来たちは、主の名を使って惚けられて怒りを露わにした。

「おのれ……」

家来の一人が、六尺棒で殴り掛かった。

又四郎は、跳び退いて六尺棒を躱した。

家来は踏み込み、六尺棒を再び振るった。

又四郎は、刀を抜き打ちに一閃した。

六尺棒が斬り飛ばされ、家来たちはその鮮やかさに怯んだ。

「怒るのなら、大野徳之助に怒るのだな……」

又四郎は刀を鞘に納め、家来たちに嘲笑を浴びせてその場を立ち去った。

家来たちは又四郎を追わず、吐息を洩らして見送った。

吐息には、無事に済んだ安堵が滲んでいた。


「勇次、清吉、此処を頼む……」

久蔵は命じた。

「承知……」

勇次と清吉は頷いた。

「由松、新八、一緒に来い……」

久蔵は、又四郎を追った。

由松と新八は続いた。

香川又四郎は、小石川馬場の入口の傍で立ち止まって振り返った。

「秋山さま……」

由松は眉をひそめた。

「由松、新八、姿を隠せ……」

久蔵は命じた。

「承知……」

由松と新八は、夜の暗がりに姿を隠した。

久蔵は、又四郎に向かって進んだ。

香川又四郎は、久蔵が近付いて来るのを見定めて小石川馬場に入った。

誘い……。

久蔵は苦笑し、又四郎に続いて小石川馬場に入った。

小石川馬場には虫の音が溢れていた。

香川又四郎は佇んでいた。

久蔵は、又四郎の前に進んで対峙した。

「おぬしか……」

又四郎は、微かな戸惑いを浮かべた。

「大野家家中の者共は、主の大野徳之助の為に命を懸けたくないようだ」

久蔵は苦笑した。

「だろうな。で、おぬしが来たか……」

又四郎は、久蔵を冷ややかに見詰めた。

「おぬし、大野家に恨みがあるようだな……」

「ああ……」

又四郎は頷いた。

殺気が放たれ、虫の音が止んだ。

静寂が小石川馬場を包んだ。

「それ故、昨夜、大野家家中の者を二人、斬り棄てたか……」

久蔵は、又四郎を厳しく見据えた。

「さあな。大野家を恨んでいる者は、俺以外にも大勢いる筈だ……」

又四郎は嘲笑した。

「おぬしの恨み、どのようなものだ……」

「主の為に闘い、命を落した父を悪し様《あざま》に罵《ののし》り、母と幼い妹を死に追い込んだ恨みだ」

又四郎は、満面に憎しみを浮かべた。

「大野徳之助か……」

久蔵は睨んだ。

「ああ。大野徳之助は人の情けを持ち合わせぬ非道の輩《やから》、外道だ」

又四郎は、憎しみを籠めて吐き棄てた。

「ならば……」

「大野徳之助の命を貰い、大野家を必ず叩き潰してくれる……」

又四郎は、久蔵に大きく踏み込んで抜き打ちの一刀を鋭く放った。

久蔵は、咄嗟に跳び退いて躱した。

又四郎は刀を鞘に納め、そのまま小石川馬場から立ち去った。

久蔵は見送った。

地廻りの権現一家に帰るのか……。

何れにしろ、行き先は由松と新八が突き止めて来る筈だ。

久蔵は、小石川馬場の出入口に向かった。

虫の音が一気に溢れ、小石川馬場の静寂は破れた。

香川又四郎は、旗本の大野徳之助を激しく憎み、恨んでいた。主の為に闘い、命を落した父親を悪し様に罵り、母親と幼い妹を死に追い込んだ……。

久蔵は、旗本大野家と家来の香川宗兵衛の家族の事を和馬に調べさせた。

十五年前、久蔵は旗本大野頼母を庇った家来の香川宗兵衛を斬り棄てた。そして、大野頼母の悪事の確かな証拠を押さえ、切腹に追い込み、家禄を減知させた。

大野家の家督を継いだ徳之助は、父親頼母の悪事を顧みず、香川宗兵衛が警護に失敗したと悪し様に罵った。そして、香川宗兵衛の妻と九歳の倅と四歳の娘を大野家から追い出した。

その時、九歳だった倅が香川又四郎なのだ。

又四郎は、母親と四歳の幼い妹と三人で江戸の片隅で懸命に生きた。だが、母親と幼い妹は死に、一人残された又四郎は大野徳之助に対する恨みの炎を燃え上がらせたのだ。

久蔵は読んだ。

大野徳之助を殺し、大野家を叩き潰すのには充分過ぎる理由だ。

香川又四郎は、両親と妹の恨みを晴らしたい一念で剣の修行をしたのだ。

久蔵は、又四郎に哀れみを覚えずにはいられなかった。

三

地廻り権現一家は、親方の寅造を妾の家に追いやってから万吉が取り仕切っていた。そして、その万吉の背後には、香川又四郎が用心棒として控えていた。

万吉たち地廻りは、縄張り内の様々な店から見ケ〆料《みかじめりよう》、露天商たちからは場所代を取り立てた。

由松と新八は見張り続けた。

香川又四郎は、小石川馬場から真っ直ぐ権現一家に戻り、以後一歩も外に出てはいなかった。

「由松さん、香川又四郎、次はどうするんですかね……」

新八は眉をひそめた。

「さあな。大野徳之助、薄汚くて狡猾で家来たちに慕われていないと云っても千五百石取りの旗本だ。地廻りの用心棒が容易に手を出せる相手じゃあない……」

由松は読んだ。

「じゃあ、大野徳之助は……」

「ああ、黙っちゃあいない。おそらく様々な手を使って香川又四郎の命を狙う筈だ。巻き込まれぬように呉々も気を付けろと、秋山さまのお言葉だぜ」

由松は、久蔵に云われた言葉を新八に教えた。

「秋山さまの……」

新八は、緊張した面持ちで権現一家の周囲を見廻した。

権現一家の周囲には、旗本大野家の家来と思われる者はいなかった。


小石川大野屋敷の表門脇の潜り戸が開いた。

勇次と清吉は見守った。

中年の家来が、二人の若い家来と中間を従えて潜り戸から現れ、本郷の通りに向かった。

「清吉、此処を頼む」

「はい……」

勇次は、清吉を大野屋敷の見張りに残して中年の家来たちを追った。

根津権現の参道には露天商が並び、参拝客が行き交っていた。

権現一家の地廻りたちは、潜りの露天商がいないか、客との揉《も》め事はないかと、見廻りをしていた。

中年の家来が若い二人の家来と中間を従え、地廻りたちの前に現れた。

「なんだい、お侍……」

地廻りたちは、僅かに怯んだ。

「権現一家の地廻りだな……」

中年の家来は尋ねた。

「ああ。だったら何だって云うんだ……」

地廻りたちは凄んだ。

「訊きたい事がある……」

中年の家来は、二人の若い家来に目配せをした。

二人の若い家来は頷き、地廻りたちに向かった。

勇次は、眉をひそめて物陰から見守った。

「由松さん……」

新八は、血相を変えて走って来る地廻りを示した。

由松は眉をひそめた。

地廻りは、権現一家に駆け込んだ。

「何かあったんですかね……」

「きっとな……」

由松と新八は、権現一家を見守った。

僅かな刻が過ぎた。

香川又四郎と地廻りが権現一家から現れ、根津権現に急いだ。

「新八……」

由松は、又四郎たちを追った。

新八は続いた。

中年の家来は、二人の若い家来や中間と地廻りの一人を捕らえ、茶店の裏に引き摺り込んでいた。

何をする気だ……。

勇次は見守った。

地廻りが香川又四郎を誘い、参道からやって来た。

「香川の旦那……」

捕らえられていた地廻りが叫んだ。

「やっぱり権現一家の用心棒です。昨夜、お屋敷に来た奴は……」

中間が、中年の家来に告げた。

又四郎は、中年の家来たちと対峙した。

「俺に用があるそうだな……」

又四郎は、中年の家来を見据えた。

「おぬし、香川と申すのか……」

「だったらどうする……」

「ひょっとしたら、香川宗兵衛どのが一子又四郎か……」

中年の家来は、又四郎を見詰めた。

「おぬしは……」

「大野家用人の日下《くさか》源之丞《げんのじょう》……」

中年の家来は、己の身分と名を告げた。

「日下源之丞……」

「左様。その昔、香川宗兵衛どのに世話になった者だ」

「父上に……」

又四郎は眉をひそめた。

「如何にも……」

「その日下源之丞が、俺に何用だ……」

「話がある。付き合って貰おう……」

日下は笑った。

勇次は見守った。

「勇次の兄貴……」

新八と由松が、勇次の傍に現れた。

香川又四郎は、大野家用人の日下源之丞と茶店の奥の部屋に入った。

「話とは……」

又四郎は、日下に探る眼差しを向けた。

「うむ。おぬし、我が主の大野徳之助さまのお命を狙っているのだな」

日下は、その眼を狡猾に光らせた。

「だったら如何致す……」

又四郎は、日下を見据えて刀を握った。

「早まるな……」

日下は苦笑した。

「なに……」

「我が主、大野徳之助は明後日、先代頼母さまの祥月命日で菩提寺《ぼだいじ》に行く……」

日下は、又四郎の出方を窺うように囁いた。

「頼母の祥月命日……」

「左様。僅かな供侍でな……」

日下は囁いた。

「おぬし……」

又四郎は、日下の言葉に戸惑った。

大野家用人の日下源之丞は、主徳之助の命を狙っている又四郎に告げたのだ。

又四郎は、戸惑いを募らせた。

「理不尽な主に苦しんでいるのは、今も昔も同じ。宗兵衛どのの時と何も変わってはいない。代が替り、寧《むし》ろ酷くなっている」

日下は、又四郎を見詰めた。

「何が云いたいのだ……」

又四郎は眉をひそめた。

日下は囁いた。

「我ら家臣、主の代替りを願っている……」

「ならば……」

又四郎は、緊張を滲ませた。

日下は、笑みを浮かべて頷いた。

「菩提寺は……」

「牛込は通寺町《とおりてらまち》の光善寺……」

「牛込光善寺……」

「左様……」

日下は頷いた。

「そこに明後日、頼母の祥月命日で徳之助が訪れるのか……」

「如何にも……」

「信じられるかな……」

又四郎は疑った。

大野徳之助が、用人の日下源之丞と企てた罠《わな》かもしれない。

「信じるか信じないかは、おぬし次第だ。後悔するか、しないかもな……」

日下は、冷ややかな笑みを過ぎらせた。

「分かった……」

又四郎は苦笑した。


香川又四郎と大野家用人の日下源之丞は、茶店の奥の部屋に入ったままだった。

勇次、由松、新八は、茶店を見張り続けた。

茶店の縁台には、大野家の若い二人の家来と二人の地廻りがいた。

「大野家の家来が香川又四郎に何の用なんですかね……」

新八は眉をひそめた。

「大野徳之助は家来たちに余り慕われていないからな。命を狙う香川又四郎に味方する不忠者もいるさ……」

由松は、嘲笑を浮かべた。

「でも、殿さまが斬り殺されたら、下手をすればお家は断絶。家来たちも浪人になって路頭に迷うだけです。そんな真似をしますかね」

勇次は首を捻った。

「なあに、斬り殺されても御公儀には病死と届け、さっさと若さまに家督を継がせればそれ迄だぜ」

由松は笑った。

「成る程、そうか……」

勇次は苦笑した。

「ま、何れにしろ、香川又四郎と逢っている大野の家来が誰か突き止めるしかないな」

由松は告げた。

「はい……」

勇次は頷いた。

「勇次の兄貴、由松さん……」

新八が茶店を示した。

中年の家来が茶店から現れ、二人の若い家来と中間を従えて根津権現の参道に向かった。

「じゃあ、由松さん、新八……」

「うん。気を付けるんだぜ」

「はい……」

勇次は、中年の家来と二人の若い家来や中間を追った。

由松と新八は、尚も茶店を見張った。

茶店から香川又四郎が現れ、二人の地廻りに何事かを告げて宮永町に向かった。

二人の地廻りは、又四郎を見送った。

「どうします」

「地廻りを締め上げる……」

由松は、楽しそうに笑った。

二人の地廻りは二手に分かれ、縄張りの門前町の見廻りを始めた。

由松と新八は、二手に分かれた地廻りの一人を呼び止めた。

「なんだい……」

地廻りは、凄味を利かせた。

「うん。ちょいと訊きたい事があってな……」

由松は、指に角手を嵌めた手で地廻りの腕を摑んだ。

地廻りの腕に角手の爪が食い込んだ。

「うっ……」

地廻りは、激痛に顔を歪めた。

「動くな。下手に動けば、肉が削がれて傷が深くなるぜ」

由松は囁いた。

「な、何だ手前ら……」

地廻りは息を鳴らした。

「用心棒の香川又四郎が茶店で何処の誰と逢ったのか教えて貰おう」

「何……」

「何処の誰だ……」

由松は、地廻りの腕を摑んだ角手を嵌めた手に力を込めた。

地廻りは、激痛に思わず声を洩らした。

「誰だと訊いているんだぜ……」

「お、大野って旗本家の日下源之丞って用人です……」

地廻りは吐いた。

「大野家の用人の日下源之丞……」

「はい。その日下源之丞が香川の旦那に話があるって……」

「日下源之丞が香川に……」

「狙われている大野徳之助の用人日下源之丞が、狙っている香川又四郎に何の用があるのですかね……」

新八は眉をひそめた。

「うむ。とにかく新八、日下源之丞の事を親分から秋山さまに報せて貰うんだ」

由松は命じた。

「はい。じゃあ……」

新八は頷き、柳橋の船宿『笹舟』に走った。

「ほう。大野家用人の日下源之丞が香川又四郎を呼び出したのか……」

久蔵は眉をひそめた。

「はい。用人の日下源之丞、主の大野徳之助の命を付け狙う香川又四郎にどんな用があったのか……」

幸吉は告げた。

「柳橋の、大野と日下は又四郎に罠を仕掛けたのかもしれねえな」

「罠……」

「ああ……」

「ですが香川又四郎、大野家用人の日下源之丞を簡単に信用しますかね」

「信用しまい。だが、信用させる程の事があれば、話は別だ……」

「恨んでいるんですね。香川又四郎、大野徳之助を……」

「うむ。和馬に調べさせた処、香川又四郎は九歳の時に父の宗兵衛を失い、非情にも大野家家中を追い出され、母と幼い妹を抱えて悔しく辛い思いをして生きて来た。そして、流行病《はやりやまい》に罹《かか》った母と幼い妹を金がなくて医者に診せる事も出来ずに死なせた。残るは、大野徳之助への恨みだけだ。そして、そいつを支えに剣の修行をして来たのだ。大野徳之助を斬り棄てる機会があるのなら、たとえ罠だと気付いても乗るかもしれない……」

久蔵は、又四郎の腹の内を読んで厳しさを滲ませた。

「気の毒な奴ですね……」

幸吉は、又四郎に同情した。

「柳橋の、近々大野家に何かがある筈だ。そいつが何か調べてくれ」

久蔵は命じた。


権現一家に明かりが灯された。

地廻りたちは、忙しく出入りしていた。

由松と新八は、香川又四郎が動くのを待った。だが、又四郎が動く事はなかった。

「御苦労だな……」

久蔵がやって来た。

「こりゃあ秋山さま……」

由松と新八は迎えた。

「香川又四郎、動かないか……」

「はい……」

由松は頷いた。

「由松、新八……」

久蔵は、一方の物陰を示した。

羽織を纏った初老の男が物陰に潜み、権現一家を見詰めていた。

「誰だ……」

「さあ……」

由松と新八は首を捻った。

物陰に潜んでいた初老の男は、久蔵たちの視線に気が付いた。そして、慌てて物陰から足早に立ち去った。

「新八……」

由松が促した。

「承知……」

新八は、初老の男を追った。

何処の誰だ……。

久蔵は見送った。

小石川の大野屋敷は、香川又四郎が二夜続けては現れないと読んで警戒を緩めていた。

　幸吉と清吉は、物陰から見張っていた。

「何だか締まりのない家風の旗本ですね……」

　清吉は呆れた。

「ああ。それだけ、付け込む隙があるってもんだぜ」

　幸吉は苦笑した。

「親分……」

　勇次が、裏門に続く路地からやって来た。

「何か分かったか……」

「はい。留吉《とめきち》って渡り中間に金を握らせて訊いたんですがね。明後日、大野の殿さま、先代頼母さまの祥月命日で菩提寺に行くそうですぜ……」

　勇次は報せた。

「先代の祥月命日……」

　幸吉は眉をひそめた。

「はい……」

「菩提寺は何処だ……」

「牛込は通寺町の光善寺って寺です」

「通寺町の光善寺か……」

「はい。で、お供の人数は少ないそうですぜ」

勇次は、渡り中間の留吉に聞いた事を幸吉に告げた。

「そいつは好都合だな……」

幸吉は苦笑した。

「ええ。大野家に近々ある事は、他に此と云ってないそうです」

勇次は、厳しい面持ちで頷いた。

「よし。その辺りかもしれないな……」

大野家用人の日下源之丞は、香川又四郎に徳之助が先代頼母の祥月命日に通寺町の光善寺に行く事を教えたのだ。

幸吉は睨んだ。


根津権現門前町の盛り場は、夜の賑わいを見せていた。

初老の男は、盛り場の賑わいを抜けて根津権現の裏に進んだ。

新八は追った。

初老の男は、根津権現の裏から千駄木町に抜け、板塀に囲まれた家に入った。

新八は見届けた。

拍子木の音が甲高く夜空に響いた。

木戸番の夜廻りだ。

新八は、木戸番が近付いて来るのを待った。


「権現一家を追い出された親方の寅造……」

久蔵は、戻って来た新八の報告を聞いて眉をひそめた。

「はい。あの年寄り、千駄木の板塀を廻した家に入りましてね。夜廻りの木戸番に訊いた処、寅造の妾の家でした」

新八は報せた。

「それで、追い出された親方の寅造か……」

「はい。間違いないと思います」

「うむ……」

久蔵は頷いた。

「寅造、権現一家を乗っ取った万吉と香川又四郎を恨んでいるんでしょうね」

由松は睨んだ。

「ああ。きっとな……」

久蔵は、権現一家を見詰めていた寅造の顔を思い出した。

悔しさの滲んだ顔だった。

地廻りの親方から只の年寄りか……。

久蔵は、寅造の未練を知った。

夜は更け、権現一家には地廻りたちが戻り始めた。

四

明日、旗本大野徳之助は、父親頼母の祥月命日で牛込通寺町の光善寺に行く……。

幸吉は久蔵に報せた。

「頼母の祥月命日か……」

久蔵は、十五年前に大野頼母が切腹して果てた時を思い出した。

「はい。お微行でお供の侍は少ないそうです。そして、大野家には他に此と云った事はありません」

「そいつだな……」

久蔵は睨んだ。

「きっと……」

幸吉は頷いた。

「用人の日下源之丞、頼母の祥月命日を罠の餌《えさ》にするのか、頼母と徳之助父子二代同じ命日にする気なのか……」

久蔵は読んだ。

香川又四郎は、権現一家で地廻りの用心棒をしていた。

由松と新八は見張り続けた。

旗本の大野徳之助は、小石川の屋敷から出掛ける事はなかった。

勇次と清吉は見張った。

何事もなく刻は過ぎ、日暮れが訪れた。

香川又四郎は、父頼母の祥月命日で牛込通寺町にある光善寺に行く大野徳之助に闇討ちを掛けるつもりなのだ。

たとえそれが罠であろうが、大野徳之助を討ち果たす数少ない機会であれば乗る……。

久蔵は、又四郎の覚悟を読んだ。

十五年前に切腹した大野頼母の祥月命日の日が訪れた。

根津権現宮永町の地廻り権現一家は、大戸を閉めて眠っていた。

潜り戸が開いた。

「由松さん……」

向い側にある荒物屋の納屋を借りて見張っていた新八は、眠っていた由松を起こした。

由松は、新八のいる格子窓に近寄った。

窓の外に見える権現一家から、長身瘦軀の香川又四郎が出て来た。

由松と新八は、喉を鳴らして見定めた。

又四郎は、辺りに不審な事がないのを見定めて塗笠を目深に被り、根津権現に向かった。

「由松さん……」

「ああ。行くぜ……」

由松と新八は、荒物屋の納屋を出て香川又四郎を追った。


武者窓の外には大野屋敷が見えていた。

勇次と清吉は、借りた旗本の中間長屋の窓から大野屋敷を見張っていた。

門扉の開く軋みが鳴った。

勇次と清吉は、窓の外に見える大野屋敷を窺った。

大野屋敷の表門は、中間たちによって開けられていた。

「勇次の兄貴……」

「ああ。殿さまの徳之助のお出掛けだぜ」

勇次は読んだ。

大野屋敷の表門から、五人の家来に護られた武家駕籠が出て来た。

追って現れた用人の日下源之丞が、武家駕籠の中に声を掛けた。

武家駕籠は止まり、戸を開けた。

中から小肥りの中年の武士が顔を見せ、日下と何事か短く言葉を交わした。

「彼奴が大野の殿さまかい……」

勇次は、旗本屋敷の中間頭に尋ねた。

「ああ。間違いねえ」

中間頭は頷いた。

勇次と清吉は、武家駕籠の小肥りの中年武士を大野徳之助だと見定めた。

徳之助を乗せた武家駕籠は、駕籠脇に付いた用人の日下たち六人の家来に護られて出立した。

「よし、追うぜ……」

勇次と清吉は、旗本屋敷の中間長屋を急いで出た。

大野徳之助を乗せた駕籠は、日下たち六人の家来に護られて水戸藩江戸上屋敷の裏手に向かった。

行き先は牛込通寺町光善寺……。

勇次と清吉は、旗本屋敷を出て追った。

牛込御門と外濠を背にして神楽坂を上がると、肴町になり通寺町になる。

大野家菩提寺の光善寺は、その通寺町にあった。

光善寺は、既に山門を開けていた。

香川又四郎は、塗笠を上げて辺りに不審な事がないのを見定め、光善寺の山門を潜って境内に入った。

由松と新八は、物陰から現れて光善寺の山門に走り、境内を覗いた。

光善寺の境内には、既に又四郎の姿はなく誰もいなかった。

「由松さん……」

新八は、戸惑いを浮かべた。

「ああ……」

香川又四郎は、境内の何処かに隠れたのだ。

由松は焦った。

「由松、新八……」

幸吉が現れた。

「親分……」

「香川又四郎、境内に隠れて大野徳之助を待ち伏せする気だな……」

幸吉は睨んだ。

「ええ。何処に隠れたのか……」

由松は、苛立ちを滲ませた。

「親分、由松さん……」

新八は、幸吉と由松に六人の家来に護られた武家駕籠が来るのを報せた。

幸吉、由松、新八は、素早く物陰に隠れた。

日下たち六人の家来に護られた武家駕籠は、光善寺に向かってやって来た。

「大野徳之助ですかね……」

新八は眉をひそめた。

「ああ、間違いない……」

幸吉は頷いた。

「さあて、何が起こるか……」

由松は喉を鳴らした。

日下たち六人の家来に護られた武家駕籠は、光善寺の山門を潜って境内に入って行った。

勇次と清吉が追って現れた。

幸吉、由松、新八が迎えた。

「親分……」

勇次と清吉は、幸吉、由松、新八に駆け寄った。

「香川又四郎は……」

「ああ、境内の何処かに潜んでいる……」

幸吉は、厳しい面持ちで光善寺を見据えた。

「どうします」

勇次は眉をひそめた。

「寺は御寺社の支配、おまけに相手は旗本だ。俺たちは下手に動けない。後は秋山さまがどうするかだ……」

「秋山さま……」

「ああ。俺と一緒に来て光善寺にいる」

「そうですか……」

勇次は安堵を浮かべた。

「どうするんですかね、秋山さま……」

由松は、微かな笑みを浮かべた。

「さあな、何事も秋山さまの腹一つだ……」

幸吉は苦笑した。

武家駕籠は方丈の前に着いた。

「到着致しました……」

日下は、駕籠中に声を掛けた。

「うむ……」

武家駕籠の戸が開き、大野徳之助が降り立った。

「ささ、大野さま、此方に……」

出迎えの僧が、大野徳之助だけを方丈の奥に誘った。

「待たれい……」

久蔵が現れた。

日下たち六人の家来たちは、慌てて久蔵の前に立ち塞がった。

「拙者、南町奉行所吟味方与力秋山久蔵。大野さまの命を狙う者が寺の何処かに潜んでいる筈……」

「黙れ。さあ……」

日下は久蔵を遮り、主の大野徳之助を方丈の奥に伴った。

「待て……」

久蔵は、大野を追い掛けようとした。だが、五人の家来たちが立ち塞がった。

「退け……」

久蔵は、五人の家来たちを鋭く見据えた。


方丈の廊下は庭に面していた。

大野徳之助は、出迎えの僧と用人の日下源之丞に伴われて廊下を進んだ。

刹那、縁の下から香川又四郎が現れ、廊下に跳び上がった。

大野は驚愕した。

「大野徳之助……」

次の瞬間、又四郎は憎しみに満ちた怒号をあげ、抜き打ちの一刀を放った。

閃光が走った。

大野は、喉元を横薙ぎに斬り裂かれた。

又四郎は、返す刀で日下を袈裟懸けに斬り降ろした。

大野は顔を醜く歪め、血の流れる喉を笛のように鳴らして絶命し、崩れ落ちた。

日下は胸元を血に染め、呆然とした面持ちで仰け反り斃《たお》れた。

一瞬の出来事だった。

僧が悲鳴を上げ、腰を抜かした。

又四郎は庭に飛び下り、素早く縁の下に逃げ込んだ。


香川又四郎が現れ、大野徳之助を斬り棄てた……。

久蔵は、又四郎の怒号と僧の悲鳴を聞いて事態を読んだ。

五人の家来たちは狼狽え、悲鳴のした方丈の奥に走った。

久蔵は、冷ややかな笑みを浮かべた。


光善寺に騒めきが湧き起こった。

香川又四郎が大野徳之助を襲った……。


「親分……」

幸吉は睨んだ。

「勇次、新八、裏門に廻れ」

幸吉は命じた。

「はい……」

「香川と出会《でくわ》しても下手な真似はするな。行き先を突き止めるだけだ」

「承知……」

勇次と新八は、光善寺の裏門に走った。

久蔵が山門から出て来た。

「秋山さま……」

幸吉、由松、清吉が迎えた。

「柳橋の、香川又四郎が大野徳之助と用人の日下源之丞を斬り棄てて逃げた」

久蔵は告げた。

「香川又四郎、両親と妹の恨み、漸く晴らしましたか……」

幸吉は頷いた。

「うむ。おそらく既に光善寺を脱け出し、根津権現に向かっている筈だ」

「じゃあ……」

「柳橋の、此処に残って大野屋敷の者共がどうするか見届けてくれ」

「承知しました」

「由松、一緒に来い……」

「はい……」

由松は頷いた。

久蔵は、幸吉と清吉を残し、由松と根津権現に向かった。

勇次と新八は、光善寺の土塀沿いの路地を裏門に急いだ。

香川又四郎が行く手の土塀の上から飛び下り、路地を足早に立ち去った。

「新八……」

勇次と新八は追った。

又四郎は、路地を駆け抜けて大きく迂回《うかい》し、小日向《こひなた》に向かった。

根津権現には参拝客が訪れていた。

香川又四郎は、根津権現の裏から境内に入り、門前町に抜けようと参道を進んだ。

「権現一家に帰るつもりですかね……」

「きっとな……」

勇次と新八は、又四郎を慎重に追った。

又四郎は参道を進んだ。

久蔵が参道の隅の茶店から現れ、又四郎の前に佇んだ。

又四郎は立ち止まり、怪訝に眉をひそめた。

「おぬし……」

「南町奉行所吟味方与力秋山久蔵だ……」

久蔵は名乗った。

「秋山久蔵……」

又四郎は、眼の前の武士が十五年前に父親を斬った秋山久蔵だと知った。

「貴方が秋山久蔵……」

「左様……」

久蔵は頷いた。

「そうでしたか……」

又四郎は、安心したように頷いた。

久蔵は、微かな戸惑いを覚えた。

「父は貴方に斬られて本望だったでしょう」

又四郎は、小さな笑みを浮かべた。

「そうかな……」

「私は父を斬った秋山久蔵より、父をそう追い込んだ大野頼母を恨んだ……」

又四郎は苦笑した。

「そして、頼母の悴の大野徳之助と用人の日下源之丞を光善寺で斬り棄てたか……」

久蔵は、又四郎を見据えた。

「でしたら、どうします……」

又四郎は、己の周囲を見廻した。

背後に勇次と新八、横手に由松がいた。

又四郎は、既に取り囲まれているのに気が付いて苦笑した。

「神妙にお縄を受け、何故、大野徳之助を斬ったのか、目付にその理由を詳しく証言して貰おう」

「目付に……」

「左様……」

久蔵は頷いた。

「そうですか……」

目付に大野徳之助を斬り棄てた理由を詳しく証言すれば、その狡猾な非情振りが天下に知れ渡り、両親と妹の無念が晴れるかもしれない。

又四郎は想いを巡らせた。

「うむ。どうかな……」

久蔵は笑い掛けた。

「分かりました……」

又四郎は微笑んだ。

穏やかな微笑みだった。

次の瞬間、又四郎の穏やかな微笑みが凍て付いた。

久蔵は眉をひそめた。

手拭で頰被りをした百姓の老爺がよろめき、背後から又四郎の腰に抱き付いたのだ。

由松、勇次、新八は戸惑った。

「は、放せ……」

又四郎は、腰に抱き付いた老爺を戸惑った面持ちで見下ろした。

老爺は、又四郎を見上げて嬉しげな笑みを浮かべた。

「寅造……」

又四郎は息を鳴らした。

嬉しげな笑みを浮かべた老爺は、又四郎たちに地廻り権現一家の親方の座を奪われた寅造だった。

寅造は、又四郎に抱き付いたまま押した。

又四郎は顔を歪めた。

由松、勇次、新八が駆け寄り、寅造を又四郎から引き離した。

又四郎は、腹から血を流して両膝をついた。

「又四郎……」

久蔵は、又四郎が寅造に腹を刺されたのを知った。

寅造は、血に塗《まみ》れた匕首を握り締めて声をあげて笑い出した。

「やった。やってやったぞ……」

恨みを晴らした寅造は、涙を零して嬉しげに笑い続けた。

由松は、笑う寅造から血に塗れた匕首を取り上げた。

「しっかりしろ、又四郎……」

久蔵は、又四郎の刺された傷の血止めをしようとした。

刺された傷は深く、抉《えぐ》られていた。

「あ、秋山さま……」

又四郎は頰を引き攣らせ、死相を浮かべた。

「何だ、又四郎……」

久蔵は、死相の浮かんだ又四郎の顔を覗き込んだ。

「か、忝うございました……」

又四郎は久蔵に礼を述べ、その眼に苦笑を滲ませて息絶えた。

久蔵は、息絶えた又四郎に手を合わせた。

寅造の狂ったような笑い声は、根津権現の参道に響き渡った。


香川又四郎は死んだ。

久蔵は、懇意にしている目付の榊原蔵人を通じて事の顚末を評定所に報せた。

旗本大野家は、主徳之助が香川又四郎に斬り棄てられた事を公儀に隠し通せず、お家断絶になった。

死んだ用人の日下源之丞は、下手な小細工をして主家を滅ぼしたのだ。

地廻り権現一家の元親方の寅造は、香川又四郎を殺した咎で死罪となった。そして、万吉たち地廻りは捕縛され、権現一家は四散した。

久蔵は、香川又四郎の亡骸を秋山家の菩提寺に葬った。
墓地を吹き抜ける風は、立ち昇る線香の紫煙を切れ切れに飛び散らせた。

この作品は「文春文庫」のために書き下ろされたものです。

本書の無断複写は著作権法上での例外を除き禁じられています。
また、私的使用以外のいかなる電子的複製行為も一切認められておりません。

文春文庫

忍《しの》び恋《ごい》

定価はカバーに表示してあります

新《しん》・秋山久蔵《あきやまきゅうぞう》御《ご》用控《ようひかえ》（六）

2019年12月10日　第1刷

著　者　藤《ふじ》井《い》邦《くに》夫《お》
発行者　花田朋子
発行所　株式会社　文藝春秋

東京都千代田区紀尾井町 3-23　〒102-8008
TEL　03・3265・1211㈹
文藝春秋ホームページ　http://www.bunshun.co.jp

落丁、乱丁本は、お手数ですが小社製作部宛お送り下さい。送料小社負担でお取替致します。

印刷製本・大日本印刷

Printed in Japan
ISBN978-4-16-791399-1

文春文庫　最新刊

標的　真山仁
特捜検事の冨永は初の女性総理候補・越村の疑惑を追う

現美新幹線殺人事件　十津川警部シリーズ　西村京太郎
〝世界最速の美術館〟に展示された絵に秘められた謎…

不穏な眠り　若竹七海
〈女探偵・葉村晶〉シリーズ最新刊。1月NHKドラマ化

忍び恋　新・秋山久蔵御用控（六）　藤井邦夫
賭場荒しの主犯の浪人が江戸に戻った。目的やいかに？

葵の残葉　奥山景布子
徳川の分家出身の四兄弟は、維新と佐幕に分かれ相対す

切り絵図屋清七　**冬の虹**　藤原緋沙子
近江屋の噂、藤兵衛の病…清七は悩む。シリーズ最終巻

主君　井伊の赤鬼・直政伝　高殿円
お家再興のため戦場を駆け抜けた、命知らずの男の生涯

野分《のわき》ノ灘　居眠り磐音（二十）決定版　佐伯泰英
佐々木道場の後継を見据え深川を去る磐音に刺客が現る

鯖雲《さばぐも》ノ城　居眠り磐音（二十一）決定版　佐伯泰英
関前に帰国した磐音。亡き友の墓前で出会ったのは……

赤川次郎クラシックス　**幽霊湖畔**〈新装版〉　赤川次郎
休暇中の宇野警部と夕子が滞在するホテルで殺人事件が

その男（一）～（三）〈新装版〉　池波正太郎
幕末から明治へ。杉虎之助の波瀾の人生が幕を開ける

妖し　恩田陸　米澤穂信　村山由佳　窪美澄　彩瀬まる　阿部智里　朱川湊人　武川佑　乾ルカ　小池真理子
あなたが見ている世界は本物？　奇譚小説アンソロジー

生涯投資家　村上世彰
世上を騒がせた風雲児。その半生と投資家の理念を語る

つながらない勇気　ネット断食3日間のススメ　藤原智美
今こそ「書きことば」を。思考と想像力で人生が変わる

さかのぼり日本史　**なぜ武士は生まれたのか**　本郷和人
武士の誕生が日本を変えた！　人気歴史学者が徹底解説

悲しみの秘義　若松英輔
宮沢賢治らの言葉から読み解く深い癒し。傑作エッセイ

私の「紅白歌合戦」物語　山川静夫
元NHKアナが明かす舞台裏、七十回目の紅白への提言

人間の生き方、ものの考え方〈学藝ライブラリー〉　福田恆存
「絶対」などない、疑い考えよ――思索家からの箴言集